DU MÊME AUTEUR

Aux Éditions Gallimard

[illegible]

[illegible]

[illegible]

[illegible]

[illegible]

[illegible]

[illegible]

L[illegible] [illegible] DANS [illegible]

[illegible]

[illegible]

[illegible]

[illegible]

[illegible]

[illegible]

[illegible]

[illegible]

LA NUIT [illegible]

[illegible]

[illegible]

[illegible]

[illegible]

[illegible]

[illegible]

[illegible]

DU MÊME AUTEUR

Aux Éditions Gallimard

DANS LES ANNÉES SORDIDES (1949).

L'ÂGE DE CRAIE, *suivi de* HEDERA (1961).

LA MOTOCYCLETTE (1963).

ASTYANAX, *précédé de* LES INCONGRUITÉS MONUMENTALES *et suivi de* CARTOLINES ET DÉDICACES (1964).

LE POINT OÙ J'EN SUIS, *suivi de* DALILA EXALTÉE *et de* LA NUIT L'AMOUR (1964).

PORTE DÉVERGONDÉE (1965).

LA MARGE (1967).

L'ÂGE DE CRAIE, *suivi de* DANS LES ANNÉES SORDIDES *et de* HEDERA (coll. Poésie, 1967).

RUISSEAU DES SOLITUDES, *suivi de* JACINTHES *et de* CHAPEAU-GAGA (1968).

TROISIÈME BELVÉDÈRE (1971).

MASCARETS (1971).

LE CADRAN LUNAIRE (1972).

ISABELLA MORRA (1974).

LE DÉSORDRE DE LA MÉMOIRE (1975).

SOUS LA LAME (1976).

LA NUIT SÉCULAIRE (1979).

L'IVRE ŒIL, *suivi de* CROISEUR NOIR *et de* PASSAGE DE L'ÉGYPTIENNE (1979).

L'ANGLAIS DÉCRIT DANS LE CHÂTEAU FERMÉ (1979).

ARSÈNE ET CLÉOPÂTRE (1981).

UN SATURNE GAI (1982).

LE DEUIL DES ROSES (1983).

TOUT DISPARAÎTRA (1987).

GRIS DE PERLE (1993).

Suite de la bibliographie en fin de volume.

QUATRIÈME BELVÉDÈRE

ANDRÉ PIEYRE DE MANDIARGUES

QUATRIÈME BELVÉDÈRE

nrf

GALLIMARD

Il a été tiré de l'édition originale de cet ouvrage vingt-cinq exemplaires sur vélin pur chiffon de Lana numérotés de 1 *à* 25.

NOTE DE L'ÉDITEUR

Les textes rassemblés ici ont tous été publiés du vivant d'André Pieyre de Mandiargues. L'auteur, qui projetait de les réunir, n'a pu les organiser en volume. Nous remercions pour leur collaboration Claude Roy et Gérard Macé.

Là-dedans

Photographie de mon visage : miroir (doué d'une plus vive réflexion, sans doute, que toute paroi de verre étamé) où j'observe la chose qui me contient, mes limites, si l'on préfère, par rapport au monde extérieur. Cou coupé donc, puisque nous avons la vanité de nous situer à l'étage supérieur, l'image de mon domicile actuel est devant moi. Que celui-là enchante par la belle ordonnance de son architecture, ou qu'il laisse une impression de sécurité due à son aspect robuste, je ne le dirai pas. Une moitié, celle de gauche, un peu affaissée sous l'on ne sait quel poids, engouffrée dans une sorte de sombre nuage, l'autre moitié ensoleillée encore, la façade, avouons-le, ne donne guère envie de chercher une sonnette, qui d'ailleurs n'existe pas, pour passer le seuil et procéder à la visite du monument délabré. Mon conseil, pourtant, serait de ne pas se laisser décourager par le mauvais air de la bâtisse et d'entrer. De l'extérieur, je n'ai pas grand souci. C'est ce qu'il y a dedans qui m'intéresse.

Sans avoir la certitude que mon enveloppe osseuse et charnelle corresponde absolument aux informations que j'ai reçues d'elle par les glaces où je me suis reflété, par les machines des photographes, par les crayons et par les pinceaux des portraitistes, par le témoignage des yeux qui m'ont considéré de plus près, puisque l'homme n'a pas le pouvoir de porter le regard sur soi-même et puisque les autres êtres vivants ne sont pas sensibles aux procédés que j'ai dits, qui pourraient être illusoires, je me bornerai à constater que j'ai décrit ma « sorbonne » sous l'apparence d'un hôtel borgne... Eh quoi, tout crâne d'écrivain, conteur ou romancier particulièrement, n'est-il pas une maison de rendez-vous ? Bonne raison, n'est-ce pas, pour nous y introduire au pas accéléré.

Dedans j'oublie (nous oublions, vous oubliez) les seuils franchis difficilement, les gardiens rencontrés et satisfaits d'offrandes ou de réponses, les échelles, les escaliers gravis. Pénétrer dans sa propre boule est pareil un peu à mourir. Ce n'est qu'à force d'oubli et de disponibilité que l'on parvient à la réussite de l'opération. Ma surprise, alors, est de me trouver sous une vaste coupole, que j'ai construite sans m'en apercevoir et qui doit bénéficier de quelque éclairage artificiel que je ne connais pas, car il est impossible que les yeux, qui font comme une paire de gros œufs translucides posés à ras d'un plancher, suffisent à donner du jour dans tout l'espace, qui est partagé en petites pièces, chambres ou cellules, et en couloirs, par des cloisons verticales qui ne montent pas jusqu'à la voûte crânienne. Chacune de ces chambres est tapissée de moire grise sur les parois, de moquette noire sur le plancher ; chacune est meublée d'un simple divan recouvert d'un velours gris plus foncé que celui des cloisons et sous lequel il pourrait y avoir des draps ; les couloirs de communication sont tapissés comme les chambres et ne sont pas meublés ; l'on soulève, pour entrer et sortir, des portières de velours semblable à celui des couvre-lits, ce qui ne laisse aucune possibilité de s'enfermer dans les chambres. Telles couleurs, me dis-je, pourraient m'avoir été suggérées par celles de l'épreuve photographique qui me représente et que distraitement je contemple, tandis que mon esprit vagabonde à l'intérieur de son réceptacle habituel, architecturé au bénéfice de la divagation. Puis je me dis que ma pensée est sans importance et que la maison de rendez-vous qui l'abrite pourrait être tapissée de rouge et de rose (sanguins) aussi bien. Ce qui compte, là-dedans, c'est ce que je pourrais y trouver, c'est qui j'y pourrais rencontrer.

Car l'espace cloisonné en labyrinthe est peuplé, voilà qui ne fait aucun doute, puisque m'en donnent la preuve quelques cris étouffés dans le voisinage, quelques exclamations incompréhensibles, des souffles forts ou faibles, des bruits de pas qui ne sauraient provenir que de pieds nus, des craquements de sommiers, des grincements d'anneaux courant sur des tringles. Mes héroïnes, toutes les filles qui m'ont habité, sont là, répandues dans les cellules moirées, sous la coupole de vieil ivoire qui sert de toit aux créatures de mon imagination. Avec timidité, presque à voix basse, je me surprends à les nommer : Vanina Mori, Marceline Caïn, Camille de Hur, Bettina, Clorinde, Marie Mors, Hester Algernon, Florine, Mariana Guajaco, Sarah Mose, Sabine, Julie, Cérès Alfarélos, Barbara Bara, Stéphanie Gern, Phoebé Nova, Agostina Ramelli, Héloïse, Carita, Flavia, Juanita, Sergine Montefiore, Zoé Zara... Du catalogue que je récite l'un de ces noms va-t-il se détacher et celle qui le porte va-t-elle surgir charnellement de ma rêverie, ou bien si c'est toutes ensemble, comme au choix, qu'elles vont être poussées de ce côté du rideau tiré provisoirement sur mon isoloir ? Également je vous aime et ne saurai vous séparer, belles issues de mon idéalisme, porteuses de majuscules, mes souveraines, qui êtes captives dans la boule que je vois ici photographiée et qui le resterez jusqu'au coup de la grande hache qui fera que votre prison éclate et que vous soyez éparpillées dans la totalité comme autant de folles miettes de moi-même.

1973.

1

Des libertins exemplaires

Le « Siècle de Louis XIV » (expression dont la meilleure place est le gosier d'un instituteur à la Martinique...) a duré à peine vingt-cinq ans en réalité, depuis la disgrâce de Fouquet jusqu'à la révocation de l'édit de Nantes. Pour ma part, j'avoue que ce grand soleil m'ennuie un peu, et que je me suis détaché assez rapidement des écrivains et des artistes qui sous son vaniteux éclat paraissent astiqués comme pour la revue de détail et marchent comme un corps de ballet ou comme une section à l'exercice. C'est avant (surtout) et après que je regarde, dans des époques où l'on ne voit pas trop de bel ensemble et où l'intelligence n'a pas été mise au pas.

Dans la désunion et dans la dissension la pensée originale se donne cours avec exubérance, de cent façons diverses, courageusement, dangereusement souvent, et, pendant la première moitié du siècle, la parole est à tout un peuple de poètes, qui rivalisent en audace avec les philosophes pour émerveiller le lecteur d'aujourd'hui. Ainsi nous remercierons le hasard ou la gentille intention qui nous a offert pendant les récentes fêtes de solstice une lecture fort édifiante, celle des *Libertins au XVIIe siècle*, recueil de textes choisis et présentés par l'un des spécialistes les plus avertis de la littérature de ce temps-là, Antoine Adam.

Ce n'est pas de libertinage, au sens moderne du mot, hâtons-nous de le dire, qu'il s'agit dans ce petit volume anthologique, mais de libre pensée; encore faut-il ajouter que les libres penseurs sous Louis XIII et Louis XIV n'étaient pas, à de très rares exceptions près, des athées, mais plutôt des « honnêtes gens » qui avaient l'imprudence de raisonner et qui refusaient d'accepter en gros tout le dogme ou toute la doctrine de la religion romaine ou de la réformée. Tels raisonneurs, sans avoir inventé le télescope, partageaient le favorable avis de Galilée sur le système de Copernic, lequel, pour avoir été publié depuis plus d'un demi-siècle, n'en était pas moins considéré comme une hérésie majeure, et ils soupçonnaient la Terre de se mouvoir au lieu d'être le centre fixe de la divine architecture universelle.

Un autre point dont la controverse nous paraît aujourd'hui plus audacieuse est celui de l'immortalité de l'âme. Les précurseurs en cet endroit étaient les gens de Padoue, notamment le Pomponace qui, dans son traité *De immortalitate animae*, s'était permis de soutenir qu'Aristote ne la croyait point et qu'on ne pouvait la prouver que par l'Écriture sainte et l'autorité de l'Église. Surprenante est la valeur donnée aux opinions d'Aristote jusqu'aux approches de la Révolution française; étonnante est la manie de l'Église (romaine du moins) de l'avoir toujours de son côté, comme un soutien indiscutable. Campanella, qui passa vingt-sept ans de sa vie en prison, est un des rares esprits du temps à lui avoir manqué de respect. Lucilio Vanini, au contraire, avait tiré argument de lui, d'Averroès, de Cardan et de Pomponace pour combattre dans son *Amphithéâtre de l'éternelle Providence* et dans ses *Secrets admirables de la Nature* la croyance en la nécessité d'un créateur surnaturel ce qui le conduisit à avoir la langue coupée, puis à être pendu et brûlé à Toulouse en 1619. Gassendi, dont l'enseignement influença la plupart des libertins, était anti-aristotélicien, comme il fut anticartésien, et il soutint les thèses de Copernic et de Galilée, mais ses réserves de prudence lui épargnèrent d'être menacé de cachot ou de feu. Ces hommes-là, leurs livres ou leurs doctrines se retrouvent à l'arrière-plan de tous les textes reproduits dans l'anthologie d'Antoine Adam ; ils en sont le diapason et la clé.

Le début de l'anthologie est excellent, puisque c'est le père Garasse qui a l'honneur des premières pages, copieuses comme il se doit, suivies de poèmes de Théophile de Viau et de fragments du savoureux *Francion* de Charles Sorel, dans la version, non purgée, de la première édition. Les persécutions infligées au charmant Théophile dès 1619 et puis en 1623 après la publication du *Parnasse des poètes satiriques*, son premier bannissement, sa condamnation à être brûlé vif, son arrestation, sa longue captivité et la chance qu'il eut d'échapper au bûcher grâce à la protection de Buckingham et de quelques autres sont dans nos mémoires.

Quant au jésuite Garasse, vaniteux, haineux, redondant, hypocrite et dénonciateur, c'est une si superbe frappe qu'on le croirait inventé pour les besoins d'un drame burlesque. Son style est ébouriffant. Parlant de Vanini, il nomme le « méchant et malheureux Lucilio, qui est comme le cramoisi de la gloire ». « Les frères de la Croix de Roses sont du naturel de la rose », dit-il. Les « beaux esprits », pour lui, sont le plus souvent de « jeunes veaux ». Sadiquement, tout en essayant de faire brûler Théophile, il se complaît à raconter l'histoire de Jean Fontanier, « jeune folâtre, d'esprit fort vagabond », brûlé en place de Grève deux ans plus tôt. Dans son *Apologie*, écrite en prison, Théophile exécutera brillamment le jésuite. « Qui pourrait imaginer qu'un docteur comme vous êtes, de réputation et d'autorité reçues, eût des gens à gage dans les cabarets, dans les bordels et dans tous les lieux de débauche les plus célèbres, pour savoir en combien d'excès et de postures on y offense Dieu ? » lui dit-il. Je voudrais que les lecteurs de l'anthologie nouvelle aillent, comme je viens de faire, aux textes anciens complets. Ils se féliciteraient de ce petit effort.

L'une des accusations, peut-être la moins abusive, portées contre le poète, visait ses mœurs. Nommant Théophile, Frenide (Nicolas Frenide) et Colletet, le P. Garasse écrit d'eux : « Pour moi, je pense avec raison pouvoir défier les diables de luxure, de fornication, de sodomie et de brutalité de faire pis qu'ont fait ces trois gosiers de Cerbère, quand ils ramèneraient dans le christianisme toutes les Florides et Priapées de l'antiquité et toutes les vilenies des Carpocratiens, toutes les bestialités des Condormants, toutes les peintures de l'Arétin, tous les maquerellages de Bèze et toutes les brutalités de Gomorrhe. »

Le père, sans doute, exagère (c'est son charme !), mais il faut reconnaître que pendant tout le XVIIe siècle une bonne partie, sinon la majorité, des jeunes intellectuels « libertins » prenaient en Italie le modèle de leurs irrégularités amoureuses aussi bien que celui de leur incrédulité. Les poèmes, là-dessus, sont révélateurs, aussi bien que mémoires. Il nous plaît d'opposer cet anticléricalisme de la sodomie spirituelle de jadis à la contraire attitude de celle que nous avons vue, récemment, sous la conduite de quelques frocs, paître le thomisme et le néothomisme à s'en fourrer jusque-là...

Cyrano de Bergerac est assurément le plus remarquable esprit en même temps que la figure la plus étonnante de tous ceux qui se peuvent ranger parmi les libertins du XVIIe siècle. L'anthologie, comme il se devait, réserve une large place à des extraits bien choisis de ses œuvres principales, qui d'ailleurs n'ont cessé d'être mises en lumière à notre époque. En ce qui le concerne, cependant, le symbolisme alchimiste et astrologique est un peu trop évident dans ses deux romans pour que l'on puisse passer sous silence la part ésotérique de sa doctrine, comme fait Antoine Adam, par souci, je pense, de matérialisme historique.

Semblable observation ne serait pas injuste à propos de Charles Sorel, dont le *Francion* paraît secrètement illuminé en plus d'un endroit. La frontière est difficile à tracer, chez les libres esprits de la première moitié du XVIIe siècle, entre une certaine philosophie scientiste et la « philosophie » des adeptes, la seconde étant exposée aux persécutions de l'Église au moins autant que la première. Sans tomber dans l'extrême de quelques essayistes modernes tellement férus d'occultisme qu'ils vont jusqu'à voir un alchimiste en la personne de Pascal (dont l'effroi devant le système de Copernic témoigne de bien peu d'audace en vérité !), nous devons être attentifs au fait que depuis le Moyen Age jusqu'à la Révolution les doctrines secrètes étaient cultivées beaucoup plus passionnément et plus intensément que généralement on ne pense, et qu'elles sont la clé de la plupart des œuvres que l'on trouve mystérieuses dans l'art et dans la littérature. Par la résistance qu'elles ont opposée longtemps à l'autorité de l'Église établie, comme par la séduction qu'au Moyen Age elles avaient exercée sur elle, leur rôle est libérateur, inséparablement des progrès de la connaissance.

Dans le dernier quart du siècle, lorsque Bayle a pris la parole, lorsque s'expriment Chaulieu, Fontenelle, les temps ont changé, les libertins ressemblent à ce que seront les contemporains de Voltaire, Saint-Evremond, l'ami de Ninon de Lenclos (qui pensait « qu'on est bien à plaindre quand on a besoin de la religion pour se conduire, car c'est une preuve qu'on a l'esprit bien borné ou le cœur bien corrompu »), qui, par une cavalière allure, évoque un peu Stendhal, fait la transition entre ceux du premier convoi et les autres. L'anthologie a retenu de lui une savoureuse *Conversation du maréchal d'Hocquincourt avec le P. Canaye* (encore un beau spécimen de jésuite !).

Aussi différents que tous entre eux ils soient, ces libertins du siècle le plus baroque que la France ait connu ont quelque chose de commun. Ce sont des indépendants, des originaux, des hommes de bonne qualité, avec lesquels il devait être plaisant de causer au souper et que l'on eût accompagnés très loin peut-être, jusque dans les environs du bûcher (sur lequel ils ont été soigneux de ne pas monter, en général, au prix de quelque concession qui ne cédait qu'aux apparences).

Janvier 1965.

Fatal emblème

O de notre bonheur, toi, le fatal emblème! C'est là, je voudrais que chacun déjà l'ait reconnu, le premier vers de *Toast funèbre*, la contribution de Mallarmé au *Tombeau de Théophile Gautier*, hommage collectif offert le 23 octobre 1873 par les meilleurs poètes du temps à leur frère disparu un an plus tôt, recueil qui contenait également une pièce magnifique du grand aîné Victor Hugo. La beauté vraiment stupéfiante, écrasante, du poème de Mallarmé, il me semble qu'elle immortalise Gautier presque autant que son œuvre même, et elle témoigne, en tout cas, de l'importance assez capitale qu'on lui donnait au moment de sa disparition. Aujourd'hui, un certain revirement s'est produit, et si, personnellement, je n'ai pas cessé d'avoir un faible pour la juvénile et romantique *Comédie de la mort*, il faut reconnaître que Gautier ne figure plus à nos yeux parmi les premiers poètes de son époque. Tout de même que nous le plaçons bien en arrière de ses amis Hugo, Nerval et Baudelaire et de Mallarmé ou de Rimbaud, dans un autre domaine qui lui convient peut-être mieux, celui du roman et du conte, avouons qu'il est allé beaucoup moins loin et beaucoup moins haut que ses familiers Balzac et Flaubert... Les récits de Gautier, cependant, m'enchanteront toujours, et leur originalité sur le plan du fantastique en même temps que leur subtil érotisme les mettent au rang des écrits qui sont indiscutablement les précurseurs de l'esprit moderne. En particulier je pense à *Mademoiselle de Maupin*, qui inspira Aubrey Beardsley et dont le charme est actuel aujourd'hui comme il le fut sous Louis-Philippe, au grand scandale des bourgeois d'alors; je pense à *Spirite* et à *Avatar*, deux longues nouvelles qui pourraient faire les sujets de films étonnants. Gautier m'apparaît comme une sorte de beatnik, ou plutôt de hippie. Ce que nous savons de sa vie confirme ce que de lui son œuvre montre là. Et c'est par là encore que je vois en lui non pas un romantique secondaire mais un esprit qui appartient à notre temps et qui se réincarnerait sans aucune gêne au milieu de nous. Je serais heureux et fier de lui donner mon amitié, s'il en pouvait être ainsi, et le siècle qui nous sépare ne m'empêche pas de lui adresser mon salut fraternel.

La Pandora

« Vous l'avez tous connue, ô mes amis — la belle *Pandora* du théâtre de Vienne. Elle vous a laissé sans doute, ainsi qu'à moi-même, de cruels et doux souvenirs. C'était bien à elle, peut-être, — à elle, en vérité, — que pouvait s'appliquer l'indéchiffrable énigme gravée sur la pierre de Bologne : AELIA LAELIA. *Nec vir, nec mulier, nec androgyna*, etc. "Ni homme, ni femme, ni androgyne, ni fille, ni jeune, ni vieille, ni *chaste*, ni *folle*, ni pudique, mais tout cela ensemble..." Enfin, la *Pandora*, c'est tout dire, car je ne veux pas dire tout. »

Ce paragraphe, l'aime-t-on comme je l'aime ? Tous les admirateurs, tous les adorateurs (dont je suis, avec autant de passion que de modestie) ne devraient-ils pas le porter, gravé plutôt qu'inscrit, dans leur mémoire ? Et qu'importe si la matière de la mémoire se délite, s'effrite, va en poussière, bien plus vite que celle de la fameuse gemme de Bologne sur laquelle se sont penchés tant de curieux ! Il s'agit, chacun devrait le savoir, du début de l'une des *Filles du feu*, qui est peut-être ma préférée quoique pendant longtemps elle ait été exclue du recueil où sont les autres, dont l'une, d'ailleurs, n'est qu'une adaptation d'un conte allemand... Responsable de cette exclusion, Dumas, à qui Nerval l'avait envoyée, l'avait trouvée à ce point démente qu'il n'en voulut publier dans le *Mousquetaire* qu'une partie seulement. En décembre 1853, quand il avait publié le sonnet initial des *Chimères*, « El Desdichado », l'on sait qu'il avait pris la précaution de prévenir les lecteurs que l'auteur souffrait de dérangement mental... Alexandre Dumas, à qui nous sommes reconnaissants d'avoir aidé à vivre son ami Gérard et d'avoir publié quelques-uns de ses plus beaux écrits pendant qu'il était soigné dans la maison de santé du docteur Blanche, était, lui, un homme raisonnable, hélas ! *La Pandora*, prudemment recluse dans une sorte de lazaret avant d'être éditée trois quarts de siècle plus tard, nous apparaît aujourd'hui dans l'éclat d'une véritable illumination, plus surréaliste peut-être que romantique. Transfiguration ou véritable métaphore poétique de l'époque où Nerval semble avoir été le plus heureux, le plus à son aise dans ses rapports avec le monde extérieur, où il était chargé d'une ombre de mission, et avec les femmes, dont il évoque le papillonnant entourage dans le chapitre des « Amours de Vienne » du journal de son voyage en Autriche, à trente et un ans, ce récit n'est pas moins révélateur au point de vue des grands problèmes nervaliens que simplement enchanteur à celui de l'écriture ou de l'inspiration. Quant aux grands problèmes nervaliens que j'ai eu l'outrecuidance de mettre en jeu dans mon menu propos, je me hâte de dire que je voudrais les confondre en un seul, qui me paraît l'essentiel et qui est celui de la femme, déesse, comédienne et courtisane, dont notre Pandora est l'un des avatars supérieurs les plus magnifiquement incarnés. Au-dessous d'elle, les Rosa, Kathi, Wahby, etc., dont il est question aussi dans le journal des amours viennoises, sont de petites vestales, de petites bacchantes, de petites amazones, avatars inférieurs mais charmants de la Grande Déesse que Gérard de Nerval crut avoir vue au théâtre sous l'apparence de Jenny Colon et dont la révélation ultérieure lui fit perdre la tête en faisant de lui le poète le plus inspiré du romantisme français. Que la Pandora soit une figuration fantastique de la personne de Marie Pleyel, comme il s'est dit, je ne le pense pas et je rangerai volontiers la belle pianiste dans la catégorie, respectable certes, des vestales intermédiaires. De même Aurélia est d'essence astrale, sinon céleste, à côté d'Adrienne, de Sylvie ou de l'image persistante de Jenny Colon, qui ne prenait de réalité que sous l'éclairage de la scène. La Grande Déesse, dans le ciel et sur la terre, c'est Isis, dont Pandora, qui est infiniment plus que la Pandore du mythe, me semble être une réduction à l'échelle humaine. Ses « blanches épaules » ne sont-elles pas « huilées de la sueur du monde » ? N'y a-t-il pas là une crucifixion de la divinité féminine, à laquelle sainte Rosalie aurait pu justement introduire ?

La vie souvent misérable et le songe merveilleux de Nerval portent tous deux la marque d'un sceau qui est de signe féminin, celui de Pandora, la déesse aux « deux cornes d'argent » : Isis donc. « Malheureuse ! Nous sommes perdus par ta faute, et le monde va finir ! » lui dit Nerval. Dans la fin de cycle où nous sommes entrés, nous, n'avons-nous pas vu le sinistre féminisme faire tomber du ciel à la voirie cette féminité transcendante, souveraine de la création et de tout l'univers considéré comme infini naturel, devant laquelle s'exaltait le poète, tandis que l'homme, en allant piétiner la Lune, luminaire féminin selon les traditions, a peut-être préludé à l'extinction de son espèce sur la Terre ? En réponse, en conclusion, en consolation, je me permettrai de répéter la dernière phrase de ma citation initiale : « Enfin, la *Pandora*, c'est tout dire, car je ne veux pas dire tout. »

1980.

Paris de Nerval

Aux alentours ou à l'intérieur de ce vieux quartier du Marais, où depuis près de cinquante ans j'habite, naguère à l'hôtel de Marle qui devint l'Institut suédois, puis rue de Sévigné en face des bas-reliefs de Jean Goujon et de Jean Cousin qui décorent la façade de l'hôtel Carnavalet, que de fois, la nuit autant que le jour, ai-je erré sur les traces de notre héros merveilleux Gérard de Nerval, qui sont voisines, ou qui l'étaient ? Car la plupart se sont perdues ou sont en train de disparaître, hélas, comme par un curieux destin d'effacement dans le concret tandis que ne cessent de s'affirmer la gloire et la légende du très grand poète. Plus d'impasse du Doyenné depuis l'époque, déjà lointaine, où furent détruites les vieilles maisons du Carrousel... Plus de rue de la Vieille-Lanterne, et si, avant la guerre, nous allions parfois au théâtre Sarah-Bernhardt moins pour le spectacle que pour la boîte du souffleur qui marquait, fut-il dit, l'endroit de l'escalier, de la grille d'égout et du corbeau parlant qui vit peut-être mourir Gérard, il nous serait difficile de situer aujourd'hui ce lieu au théâtre de la Ville qui a remplacé le premier. Restait la maison natale de Nerval, 96 rue Saint-Martin à l'époque, 168 hier encore, avant sa récente destruction qui date de l'année dernière et qui est un épisode du bouleversement catastrophique des vieux ensembles du Marais et des Halles, de part et d'autre du boulevard de Sébastopol, percé déjà par Haussmann sous le règne de Napoléon III pour des raisons qui relèvent moins de l'urbanisme que de la stratégie contre-révolutionnaire. A ces bouleversements les seuls points de résistance sont les anciennes églises, et dans la rue Saint-Martin, au 78, nous retrouvons celle de Saint-Merri où Nerval fut baptisé le lendemain de sa naissance; demeure aussi celle de Saint-Eustache, l'un des plus beaux édifices Renaissance de Paris, l'un des points magnétiques de l'illumination nervalienne, tristement isolé, aujourd'hui, devant une sorte de champ de foire qui a remplacé les Halles d'hier, au-dessus du forum souterrain, et vainement l'on chercherait les sites de Baratte ou de Paul Niquet, les cabarets favoris du poète. Mais la Bourse du commerce a conservé la colonne cabalistique élevée par Philibert de l'Orme pour Catherine de Médicis et qui aurait servi aux observations de Ruggieri, son astrologue. Non loin, le jardin des Innocents a perdu grande partie de son cadre architectural, et les nymphes de Jean Goujon qui ornaient sa belle fontaine ont été remplacées par de médiocres copies. Ainsi ces traces de Gérard de Nerval qui nous attiraient jusqu'à ces dernières années dans un espace architectural, parfois labyrinthique, où tant de choses nous parlaient de lui, sont-elles devenues presque pénibles à suivre. Ou bien, il faut l'avouer, de notre part le cœur n'y est plus. Est-il rien au monde en effet de moins nervalien que l'énorme machine à trafiquer de l'art que nous appelons Beaubourg plutôt que centre Pompidou, par répugnance à user du nom d'un homme d'État qui fut pernicieux à notre beau Paris plus que quiconque en donnant champ libre aux spéculateurs immobiliers? Que la rouille la ronge, sous le regard narquois des gargouilles de Saint-Merri!

La rue du Docteur-Blanche, à Auteuil, dans le seizième

arrondissement, ne mérite pas un pèlerinage, et j'avoue ne m'être jamais préoccupé du lieu où se trouvait la prison de Sainte-Pélagie, où Gérard fut enfermé deux fois. Le « Château des Brouillards », 13 rue Girardon, sur la butte Montmartre, n'a plus d'existence que par une allée qui porte son nom. Une maison, au 5 de la rue des Beaux-Arts, nous est chère parce qu'elle fut l'un des domiciles parisiens du poète et qu'en passant devant elle nous donnons à qui de droit une pensée toujours...

Si Gérard de Nerval était vivant aujourd'hui, je crois qu'à propos de ce bouleversement que j'ai dit il ne désapprouverait pas l'adjectif « catastrophique » que sans aucune exagération j'ai employé. Car il n'avait d'autre patrie que Paris et il connaissait parfaitement la capitale importance pour sa ville natale des deux voies sacrées, la rue Saint-Denis et la rue Saint-Martin, qui descendent du nord vers le fleuve Seine en passant l'une et l'autre sous l'arc d'une porte triomphale et en rapprochant un peu leurs parallèles de part et d'autre de l'ancienne église Saint-Jacques-de-la-Boucherie, d'où l'on partait jadis pour Compostelle et dont ne reste que la magique tour Saint-Jacques, hantée par les ombres de Nicolas Flamel et d'André Breton. Or la circulation, qui est vie pour toute rue, est interrompue aujourd'hui sur ces deux voies à la hauteur de l'antique cimetière des Saints-Innocents, immense nécropole qui depuis l'époque gallo-romaine reçut plus d'un million de cadavres. Triomphe symbolique de la mort, dira-t-on, mais le nom de Gérard de Nerval est devenu pour beaucoup de nous la parole même qui descelle ce qui était scellé et qui illumine la nuit des symboles. Celui-là, qui coupe en deux le quartier qui appartient à Nerval, entre le lieu de sa naissance et le lieu de son suicide, n'est pas inoffensif. Qu'on se le dise...

1981.

Spirite

Au XIXe siècle, le foudroyant *Toast funèbre* de Mallarmé et la préface des *Fleurs du Mal* en font foi, Théophile Gautier était considéré comme poète avant toute chose, l'un des plus grands de son époque, comme il est manifeste qu'il se considérait lui-même. Or ce XIXe français est à nos yeux devenu un siècle de tant de poètes capitaux qu'il est un peu difficile, avouons-le, de ranger Théophile parmi ceux-là. Ce qui ne veut nullement dire qu'on lise moins Gautier. Tout bonnement, il me semble que nous le lisons et qu'on le réédite davantage en prose ; dans ses livres de voyages, qui sont toujours aussi vifs et nous rendent jaloux de la façon dont on pouvait voyager en cet heureux temps ; dans ses livres de critique qui, comme *Les Grotesques*, par exemple, ont été les premiers à rendre justice à la singularité de maint génie baroque qui nous est précieux aujourd'hui ; dans ses récits surtout, dont plusieurs comptent parmi les meilleures inventions fantastiques de notre littérature. A ce dernier titre, Gautier s'impose au lecteur moderne comme l'auteur de *Mademoiselle de Maupin*, de *Spirite*, d'*Avatar* et de quelques nouvelles comme *La Morte amoureuse* ou *Arria Marcella*, ouvrages dont un seul suffirait à garder bien vivante la mémoire d'un gros homme un peu trop pittoresque, timide et que l'on crut flatter en le surnommant

« le bon Théo »... Mais si l'on me demandait de mettre à part ce seul là, je n'hésiterais pas un instant et je sais bien que j'élirai *Spirite*, « nouvelle fantastique » selon le sous-titre de l'édition originale que j'ai devant moi tandis que j'écris, éditée à Paris, chez Charpentier, 28 quai de l'École, en 1866, et qui compte 235 pages. Un petit roman donc, assez long pour ne pas figurer dans les recueils de nouvelles de Gautier; le dernier roman de l'écrivain qui allait mourir six ans plus tard, en 1872; un roman qui dans toute l'œuvre de Gautier se distingue par une sorte de simple perfection qui jamais ne se relâche et atteint au merveilleux le plus haut sans le moindre effort.

Ce n'est pas tout, et il y a d'autres raisons au goût extrême que depuis longtemps j'affiche pour *Spirite*. La première qui me vient à l'esprit, et qui n'est pas nécessairement la principale, tient à l'observation que ce parfait récit fantastique, aussi « romantique » qu'un récit peut l'être, s'accorde curieusement à la sensibilité de notre temps. Nous nous mettons, si j'en juge par mon expérience propre, dans la peau du jeune dandy, Guy de Malivert, plus aisément encore que dans celle des héros de Balzac et beaucoup plus facilement que dans celle des personnages de Sartre ou de Silone, entre autres, produits par un mécanisme de création trop intellectuel pour ne pas choir dans l'artifice en recherchant l'actualité. Avec Gautier, dans *Spirite* au moins, c'est tout le contraire, osons le dire! La maison et la pièce, « entre cabinet d'étude et atelier », où flâne et travaille Guy de Malivert, sont si simplement désirables que le lecteur s'y installe sans la moindre impression de n'être pas chez lui et caresse, du regard sinon de la main, le bel angora blanc qui se chauffe au feu de la cheminée; par des notations aussi simplement exactes ce lecteur est porté à la connaissance, épidermique autant que visuelle, du grand froid qu'il fait à Paris ce soir-là et malgré lequel, par raison de convenance, il va être obligé de sortir pour se rendre chez une femme qu'il n'aime pas mais avec laquelle il est en coquetterie amoureuse; un froid qu'avec non moins de simplicité le lecteur sentira redoublé au grand air, dans l'après-midi du lendemain, quand dans la personne de Malivert il prendra son traîneau attelé du fringant étalon Grymakin pour se griser de vitesse dans les allées gelées du bois de Boulogne. Et si ce lecteur que nous sommes tous éprouve le besoin de substituer à Grymakin et au traîneau un cabriolet, décapoté bien entendu, de marque Porsche ou Lancia, nul ne l'en empêchera, n'est-ce pas... Tout cela est simple et vrai comme sont le soir et le matin, le jour et la nuit.

Le comble et la merveille sont que c'est avec autant de naturel que le fantastique le plus extrême se manifeste, se développe et s'affirme dans ce roman qui par la modération du ton et la minutie des descriptions aurait pu, tout d'abord, être rattaché au genre réaliste, à l'école du regard. Jusqu'au moment où l'amour apparaît, puisque le fantastique, dans *Spirite*, n'a d'existence que par lui, qui ne peut exister en dehors du climat fantastique... Discrètement signifié par de menus faits à peine remarquables mais qui échappent à l'ordre rationnel des choses, il ne tarde pas à éclater avec une irrésistible splendeur lorsque Malivert, personnage un peu égoïste et paisible, est transfiguré par une véritable annonciation, dans laquelle il lui est révélé qu'il est passionnément aimé par une adorable morte. Avant de mourir sous le voile d'une jeune religieuse, elle l'avait aperçu, sans avoir été aperçue par lui, et des grands supérieurs de ce ciel swedenborgien qui sous la plume de Balzac aussi étaient au service de l'amour elle a reçu la permission de se montrer à lui pour tenter de le reconquérir. Ce qu'elle fera, en le retirant de la vie charnelle pour s'unir spirituellement avec lui dans la mort, où elle est déjà mais privée de l'objet de son amour.

Une première observation que l'on fera si l'on veut est que le ressort habituel de la littérature amoureuse et du théâtre tragique est celui de la mort qui sépare les amants, tandis que Gautier se plaît à poser, *a priori*, une séparation qui paraît définitive puisque l'amante, qui sera la femme aimée, est déjà morte au moment où l'amour se déclare. Mais il est bien connu que chez Gautier, comme chez la plupart des romantiques, l'amour va de pair avec la mort. Dans une nouvelle écrite par lui trente ans plus tôt, *La Morte amoureuse*, le sujet n'est-il pas déjà celui de *Spirite*? Sans doute. A cette différence près que la première nouvelle est brève, un peu grossière, beaucoup moins adroite, et que sa conclusion au lieu d'être comme dans *Spirite* la victoire de l'amour surhumain est la défaite de celui-ci lorsque, poussé par un sinistre abbé, l'amant est conduit à violer le tombeau de son aimée, la belle courtisane Clarimonde, et qu'il n'y trouve qu'un affreux mélange d'os calcinés et de cendres. Par son outrance même, le fantastique de *La Morte amoureuse* n'est guère acceptable, tandis que, je l'ai déjà dit, tout lecteur de bonne volonté (n'en faut-il pas un grain toujours?) sera entraîné à se confondre délicieusement avec Guy de Malivert jusqu'au bout de sa sublime aventure. Puis, au sens où l'entendait André Breton, *Spirite* est une métaphore poétique, un retournement dans le sens de la noblesse et de la beauté d'un thème qui était resté vulgaire et bas dans son ébauche de la *Morte*, en 1832. La nécrophilie négatrice de l'amour, qui avait pesé longtemps sur l'inspiration de Gautier, a disparu cette fois; l'union de l'amant et de l'aimée dans la pureté de la vie spirituelle s'effectue hors de la matière, dans ce que je voudrais nommer le théâtre de Swedenborg, sur une scène d'opéra érotico-mystique, où le rideau qu'abaisse enfin la mort bienheureuse du héros pourrait être celui du ballet de *Giselle*, écrit par Théophile Gautier pour glorifier la ravissante danseuse Carlotta Grisi, seule femme qu'il eût follement aimée envers et contre tout ce qui dans la vie s'opposait à cet amour. Quant au décor de glace et de neige, qui fait de l'après-midi des traîneaux au Bois un chapitre si beau de prose fantastique qu'il ne devrait manquer dans aucune anthologie, rappelons-nous à son sujet, comme à celui du radieux début de *Séraphita*, leur commun animateur qui est, cela s'entend, Swedenborg.

Théophile Gautier, comme on sait, avait beaucoup et presque trop d'amis, cependant il me semble que de tous ceux-là celui qu'il aima davantage était l'homme qu'il a aidé à vivre aussi longtemps que cela fut possible, le plus grand illuminé du romantisme français, Gérard de Nerval. Comment ne pas remarquer, à propos de *Spirite*, que le dernier et assurément le plus pur roman de Gautier a paru onze ans après la mort de Gérard ? Comment taire que ce qui nous fait tant chérir ce livre aujourd'hui est un certain accent nervalien que l'on y perçoit distinctement, dans le langage et dans la tournure de la pensée quand elle se fond avec la rêverie ? Sans aucune prétention à l'ésotérisme, je dirai enfin, et n'est-ce pas le plus bel éloge qu'on en puisse faire, que pour moi *Spirite* est un legs de Nerval à Gautier...

1982.

Un Éros mystérieux

Que les fiers Moscovites, s'il se peut, nous le pardonnent, jamais pour la plupart de nous le nom banal de Kaliningrad n'aura une signification quelconque, jamais ne sortira de notre mémoire celui de Königsberg, capitale de la Prusse-Orientale, ville où naquit et vécut Emmanuel Kant, ville surtout fameuse pour avoir donné naissance à l'un des hommes auxquels je pense avec le plus de curiosité, d'admiration et d'amour, le merveilleux Ernst Theodor Amadeus Hoffmann... Amadeus, oui, chacun, ou presque, sait que Hoffmann substitua ce troisième prénom à celui de Wilhelm pour hautement proclamer son attachement à Mozart. Et quant à la curiosité que j'ai dite, ce n'est pas un vain mot, car Hoffmann, comme Poe, Baudelaire, Nerval, Mallarmé ou André Breton, malgré toutes les recherches que l'on fit et que l'on fera, restera toujours enveloppé d'un certain mystère, qui n'est pas le moindre facteur de son charme. Si nous pouvons écrire aujourd'hui que notre certitude est quasiment établie qu'il est l'auteur de ce ravissant petit roman érotique, *Sœur Monika*, voilà qui, sans éclaircir que d'un peu le mystère, augmentera le charme considérablement.

Naguère, en feuilletant *La Princesse Brambilla*, beau récit dont la surabondance m'empêche de le goûter autant que tant d'autres dans l'œuvre de Hoffmann, je m'étais arrêté sur une phrase : « Dans un but d'apaisement, la vieille alla préparer un bon plat de macaroni », et cela m'avait rappelé quelque chose que j'avais lu auparavant et que sans trop de peine j'ai retrouvé, un passage de la première traduction de *Sœur Monika*, étrangement voisin : « Ainsi Louise avait tout vu; Christine n'avait d'autre recours que de lui donner de temps en temps du macaroni et de la prier de ne rien dire »... Louise, la mère de Monika, à ce moment du récit n'est qu'une toute jeune enfant; ce qu'elle a vu est le spectacle de sa bonne, Christine, jetée sur le lit par un certain Kasper qui glissait entre ses cuisses « une longue chose roide dont elle n'eût su dire le nom ». Bien; mais il me semble qu'au macaroni il faut être attentif, comme l'auront été certainement les très sérieux critiques et philologues allemands qui ont pris à cœur la tâche de démontrer l'indiscutable vérité de l'attribution de *Sœur Monika* à Hoffmann. Tâche qu'ils ont menée à bien, de l'avis de tous les spécialistes, et il me paraît probable que dans l'œuvre du conteur ils auront trouvé d'autres fois le macaroni, dans le rôle d'une gourmandise si pesante et si puissante qu'elle procure le calme et l'oubli. Je ne prendrai donc pas à mon compte l'argument du plat de pâtes longues, pour excellent qu'il soit, mais l'on peut s'amuser à constater la fascination exercée sur Hoffmann par ces pâtes-là, nourriture légendaire qui appartient à cette Italie qui lui est chère sans qu'il l'ait jamais vue. Qu'il me soit permis d'ajouter que telle nourriture n'est mangeable qu'à partir de Rome et au sud, qu'elle est délicieuse à Naples et plus encore en Sicile où on la fait aux aubergines, ou aux anchois, ou aux sardines : ces *maccheroni con le sarde* que l'on n'oublie plus quand l'on a eu la chance de s'en mettre sous la dent. Mais c'est d'érotisme qu'il s'agit ici et non de gastronomie, j'aurais tort de n'en pas venir tout de suite à ce fait, et à la notion capitale en matière de littérature, celle d'originalité, car *Sœur*

Monika se distingue de toute l'œuvre de Hoffmann aussi absolument qu'elle s'y rattache, et par rapport à tous les romans et contes de caractère érotique du XVIIIe et du XIXe siècle, en Allemagne, en France ou ailleurs, sa singularité n'est pas moindre.

Soyons sérieux, voudrais-je écrire, au seuil d'un petit roman licencieux que franchement je trouve adorable et qui détonne avec une aisance et un bonheur incomparables dans la vaste bibliothèque érotique qui, suivant la tournure de l'esprit contemporain, tend à devenir chaque jour davantage objet d'études et de thèses universitaires. Soyons sérieux et reconnaissons que les principaux motifs qui commandèrent la rédaction des livres de telle bibliothèque sont d'abord la volonté de causer chez l'auteur lui-même, ou chez ses lecteurs et lectrices, une excitation capable d'aboutir au désir sexuel et à sa satisfaction, et puis, ce qui m'est plus sympathique, un besoin de choquer, un penchant à la provocation, furieuse même, dont l'objectif, avoué ou non, proche ou lointain, serait un renversement de la morale commune et une libération à l'égard de ses lois. De pareil double motif je ne donnerai qu'un exemple, éblouissant d'ailleurs, qui est la seconde partie des *Onze Mille Verges*, en laquelle Guillaume Apollinaire use du cadre de la guerre russo-japonaise de 1905 pour s'y livrer à un déchaînement d'écriture sadique qui est un chef-d'œuvre surréaliste avant la lettre. Mais avec *Sœur Monika*, c'est à tout autre chose, à quelque chose de tout à fait unique, que nous avons affaire.

Dès le second paragraphe de la première page, sœur Monika, contant ou inventant pour ses amies des souvenirs qui vont se développer de la façon la plus touffue, dans un climat d'incohérence voulue qui est celui de la rêverie dirigée sur le plan fantastique autant que sur l'érotique, met d'emblée sa mère en jeu par la formule de « cette chaude sensation de vivre qui ne commence pas toujours avec *le cœur palpite*, mais s'achève généralement sur un *haussez les mains!* ». L'italique est en français dans le texte, comme il sera, tout aussi souvent, en latin, ou en italien, ou en hollandais, et nous dirions plutôt : « les mains, ou les bras, en l'air »... Qu'importe, puisqu'il ne s'agit gentiment que de se prêter à la dénudation et à ce qui s'ensuivra, et puisque par là le livre est défini jusqu'à l'éveil qui le termine. Charmante « galanterie » prussienne, qui me rappelle les bosquets de Potsdam et les belles nymphes de marbre qui les habitaient en 1932. Je prends la liberté de remarquer qu'en 1815, dans la réalité du vêtement ou dans le songe pleinement libertin de Hoffmann, la culotte féminine n'existait pas, ni le fâcheux slip du roman moderne, et que le mot « trousser » jouait de toute sa force puisqu'il suffisait de soulever une robe, un jupon, une chemise pour obtenir une disponibilité inconditionnelle aux désirs du vainqueur feint comme de la feinte vaincue. Quelques fouetteries, une circoncision, qui par-ci, par-là interviennent, sont des supplices d'opéra, et font-ils couler quelques gouttes de sang c'est pour l'amusement de la victime autant ou plus que pour celui du bourreau. Hoffmann, dont certains contes noirs ne manquent pas de cruauté, semble s'être volontairement privé de ce puissant instrument qui paraît presque indispensable à la littérature érotique mais qui, dans les pages de *Sœur Monika*, reste effacé au profit de la fantaisie de l'imagination et d'un débordement de sensualité. Dans le courant de cette sensualité même l'auteur des *Élixirs du diable* (presque contemporains) trouve ou retrouve une innocence et une bonté qui nous émerveillent en nous montrant à quel point l'érotisme, qui a parfaitement le droit de s'afficher sous le masque le plus démoniaque, peut aussi prendre la figure de l'ange ou de l'enfant. Hoffmann, à l'époque où il semble avoir écrit *Sœur Monika*, était en proie à la plus grande passion de sa courte vie : son amour malheureux pour l'une de ses jeunes élèves, Julia Marc, qui avait quatorze ans et qui était fiancée déjà... N'y a-t-il pas là de quoi le rapprocher du plus pur esprit de tout le romantisme allemand : Novalis ? Si oui, comme je le pense, ce mystère qui me semble l'entourer n'en est-il pas accru ? Et son attrait n'en est-il pas grandi ?

Écrit comme à la diable par un homme qui est assurément un grand écrivain et en lequel je ne doute plus de reconnaître E.T.A. Hoffmann, *Sœur Monika* se présente étrangement à nous comme le moins « intellectuel » des récits érotiques que jusqu'ici nous ayons eu le plaisir de lire. Jamais les jolis personnages, jolies filles surtout, qui comme feuilles dorées en automne voltigent et s'éparpillent, ne se font les servants, les récitants ou les incarnations d'une idée fournie au cerveau de l'auteur par un mécanisme d'ordre sexuel. Pourtant l'écriture s'accompagne d'une érudition manifestée avec tant d'abondance qu'on la pourrait taxer d'un certain pédantisme, rendu tellement agréable par les circonstances que l'on serait bien sot de s'en plaindre. Que de Philosophie, que de Théologie, que d'Histoire ou de Mythe à chaque fois que se roidit un cas ou un martial engin donné par la nature à l'homme, et pour cet engin, pour tous les points doux du corps féminin, que de métaphores tirées de tous les arts (musique comprise, bien entendu) autant que des sciences naturelles et de la nature même ! Par là, à la différence de ces quelques magnifiques romans érotiques du XVIIIe, du XIXe et de notre siècle auxquels je trouve un caractère platonicien parce que ce sont des idées qui sous des masques humains dominent ou se soumettent, se lèchent, se fouettent, se foutent, se gamahuchent, se sucent, se sodomisent et souvent s'égorgent, *Sœur Monika* flatte innocemment nos sens et notre soif de beauté bien plus qu'elle ne s'efforce furieusement d'agir sur l'appareil sexuel à la manière de la mouche napolitaine... Par la vivacité, par le manque de toute organisation logique et de toute vraisemblance avec lesquels elle court de la première page à la dernière, je la comparerais, plutôt qu'à un roman, à un opéra qui se lit comme il s'entendrait, un opéra italien bien entendu, un savoureux *opera buffa* joué pour le plaisir de quelques privilégiés dans une petite salle précieuse et close. Quant au décor que suggère *Sœur Monika*, je penserais moins au grand baroque romain qu'à son aboutissement en Allemagne avant les invasions napoléoniennes : ce style dit rococo qui est comme un excès de bon goût et dont le seul but est l'agrément. Laissons-nous donc aller à cette trop courte féerie où sans cérémonie se laissent faire par des sortes d'automates masculins d'innombrables jeunes nymphes qui ont en commun la vénusté des formes du corps autant que la douceur de la peau ! Ce n'est pas la moindre singularité du livre, ni pour le lecteur que je suis la moins plaisante, que cette réduction du héros viril à un rôle d'outil ou d'instrument musical dont jouent comme sous notre regard tant de beautés que nous n'apercevrons et ne saisirons pleinement qu'en les acceptant pour ce qu'elles sont : des filles d'opéra costumées en nobles dames et demoiselles à seule fin d'être lestement dévêtues. Et là-dessus le nom de Hoffmann me paraît revenir pour s'imposer comme sur un livret parcheminé le cachet d'une bibliothèque princière.

L'humour d'Hoffmann est incomparable ; de même est son ton, où à travers l'écriture la voix se mêle au rire. Me laissé-je entraîner par l'objet de mon examen, un récit érotique, si je prétends que ce ton s'y entend avec le même accent qu'ailleurs, plus joyeusement peut-être ? Je ne le pense pas. En revenant à quelques nouvelles plus fantastiques et moins connues que d'autres, *Les Méprises*, par exemple, ou *Les Suites d'une queue de cochon*, j'y trouve un saugrenu comique, une approche du libertinage et une abolition des rapports logiques dans la narration qui ont quelque parenté avec la belle *Pandora* de Nerval et beaucoup de ressemblances avec les multiples épisodes de *Sœur Monika*. Il nous est rapporté que ces contes, et d'autres qui n'ont pas été conservés, avaient été composés ou même improvisés par Hoffmann entre une bouteille de bourgogne et une autre pour l'amusement de l'auteur autant que d'une tablée de ses fidèles amis. Tels souvenirs, dont nous n'avons aucune raison de nous méfier, sont-ils véridiques, alors la tentation est grande de considérer *Sœur Monika* comme une quasi-improvisation de cette sorte, que Hoffmann eût rédigée un peu plus tard pour la confier à un libraire qui en aurait tiré l'édition clandestine de 1815, dont quelques rarissimes exemplaires ont survécu. Non imprimés, il est assez probable que d'autres manuscrits du même genre aient été détruits au nom de la morale. La littérature érotique n'est que vestiges qui s'élèvent au-dessus des cendres d'une myriade de bûchers, raison principale de l'amour que nous avons pour elle.

Comme les textes les plus inspirés du très grand Nerval, comme les récits les plus obscurément illuminés d'Hoffmann, *Sœur Monika* baigne dans un onirisme continuel, qui tout en appartenant bien sûr au romantisme allemand rattache le livre à l'esprit moderne autant ou plus que maints chefs-d'œuvre de la même époque. Vertigineux, digne d'une étude particulière, est le temps de tel roman rose, suite de courts moments de phosphore où s'éclairent une belle bouche entrouverte, de beaux seins mis à l'air, un beau ventre lisse, une belle croupe prête à recevoir les verges, de belles cuisses écartées, si prestement et avec tant de changements de mains et de poses que l'attention s'y perd et que de réaliste il n'y a strictement plus rien. L'amateur de porno sera déçu, je le crois et l'espère, par cet opéra ou ce théâtre de songe qui jamais ne dissimule qu'il est artifice et jeu uniquement, comme est toute littérature. Aux dernières pages, Monika lit une longue missive de son amie Linchen, ex-camériste de sa mère, la belle comtesse Louise, laquelle vient d'être violée sur une route forestière par quatre étudiants sacripants et leur valet, tailleur et violoneux, Jean de Paris, qui avant de s'éclipser ont satisfait tous leurs désirs en une scène de farce grotesque musico-théologo-philosophico-orgiastique où le latin, bien entendu, n'est absent pas plus que la langue de Voltaire. Plaisir de lecteur à part, le point capital est sans doute que la belle comtesse, à la fin de l'épreuve, « se réveilla dans les bras de son ancienne amie », phrase sur laquelle s'achève le petit roman en nous donnant licence, me semble-t-il, de le prendre pour un rêve dans la totalité de son imagination fantastique...

Qu'il me soit permis d'ajouter que la traduction de l'excellente germaniste Madeleine Laval est bien écrite autant qu'elle est savante, et que le trésor de notes dont elle fait suivre le texte pour en éclairer les nombreux points obscurs est un régal auquel on ne cesse de revenir, avec une gratitude ravie.

1984.

2

Weininger et l'Italie

Il nous est assurément difficile, j'en fais la pénible expérience, de parler en toute honnêteté d'Otto Weininger. Parce que les deux arguments essentiels qui gouvernent son livre principal, *Sexe et Caractère*, et qui sont l'antiféminisme et l'antisémitisme, sont devenus odieux sans aucune réserve à chacun de nous aujourd'hui, et parce que le second surtout nous paraît criminel autant qu'abominable après les atrocités qui furent en son nom commises pendant la guerre de 1939-1945, dans tous les pays soumis à la domination hitlérienne. Sans, je crois, me contredire, je ferai tout de suite observer qu'en ce début de siècle pendant lequel Weininger rédigea son livre, publié en juin 1903, quelques mois avant le suicide de l'auteur, l'antisémitisme n'était guère plus criminel que l'anglophobie, la germanophobie ou les divers racismes qui pesaient alors sur la plupart des peuples de notre planète... Simples sottises dont l'esprit humain ne s'est toujours pas guéri, hélas ! Ce qui, dans le cas particulier de Weininger, nous surprend davantage est que le jeune Autrichien fût de pure origine juive par son père autant que par sa mère. Et c'est à partir de ce témoignage indiscutable chez lui de l'un des plus violents esprits d'autodestruction qu'il nous ait jamais été donné de constater chez un philosophe que je suis porté à considérer son antiféminisme, qui pourrait bien être de source voisine. J'y reviendrai, tout en disant les raisons pour lesquelles Weininger et son œuvre sont pour moi inséparables de l'Italie.

Au cours d'un voyage de plusieurs mois dans ce pays, pendant l'été de 1932, je fis un long séjour à Trieste, ville où survivra toujours une certaine présence autrichienne, et c'est là que j'entendis pour la première fois parler d'Otto Weininger. Avec exaltation, admiration, respect, par de nombreuses personnes, artistes, écrivains, intellectuels pour la plupart, parmi lesquelles je me souviens du poète Umberto Saba et de sa fille Linuccia, d'un savant et curieux érudit, amateur en toutes choses, qui devint le meilleur lecteur de l'édition italienne, Bobi Bazlen, d'un peintre assez fascinant du nom d'Arturo Nathan, qui possédait, je ne sais comment, la nationalité afghane, laquelle ne suffit pas à le mettre à l'abri des bourreaux nazis quand vint l'occupation allemande, et dont plusieurs grands tableaux d'esprit « métaphysique », que j'avais aimés du premier coup d'œil, figurent aujourd'hui dans les collections du musée de Trieste, le Museo Rivoltella. A peu près tous d'origine juive, me semble-t-il, ce qui confirme mon propos qu'avant l'arrivée de Hitler au pouvoir beaucoup de Juifs ne voyaient en l'antisémitisme qu'une bizarrerie doctrinaire, plutôt inoffensive, surtout quand elle s'exprimait par la plume d'un philosophe aussi anticonformiste que Weininger, Juif lui-même de surcroît, ennemi de toute espèce de persécution de ceux de sa race, adversaire cependant du sionisme qui commençait à s'affirmer et qu'il aurait voulu retarder au moins jusqu'à ce que les Juifs eussent dépassé l'hébraïsme.

Arturo Nathan était un homme haut de taille et lent de mouvements, qui s'exprimait avec profondeur et sans facilité. Avec la peinture, la philosophie, jamais absente de son art, semblait être sa meilleure raison d'exister, de garder une existence physique parmi les hommes, et dès qu'il prenait confiance en un interlocuteur il lui parlait de Nietzsche, pour lequel il avait une vénération véritable, que je partageais d'ailleurs, et du peintre Giorgio De Chirico qu'il admirait sans réserve, quoique je ne pense pas qu'il l'eût jamais rencontré. A ces deux grands hommes, Weininger ne tardait pas à se joindre, seconde personne de ses trois saints patrons, incarnation intermédiaire d'un génie unique dont le peintre eût été l'actuel survivant. Par Weininger, Nathan était naturellement conduit à parler de la femme et du monde sexuel, matières qu'il n'abordait pas sans un trouble évident, mêlé d'inquiétude et d'attrait autant que de retrait. Ceux de nos amis qui m'avaient mis en relation avec lui me dirent qu'ils étaient certains que jamais de sa vie il n'avait connu une femme... Mais quand il sortait de l'abstraction l'objet envers lequel il se montrait le plus attentif était une grosse motocyclette, Harley-Davidson si je ne me trompe, qu'il nettoyait et faisait reluire d'un chiffon aussi délicat que pour caresser une maîtresse. Puis il enfourchait la noble monture et la chevauchait en de longues randonnées dans le Carso désertique.

Bien entendu, je fus curieux de l'œuvre de Weininger, et à la librairie Hoepli de Milan, avant de prendre le chemin de retour, j'achetai les deux volumes de la traduction italienne : *Sesso e Carattere* (*Sexe et Caractère*) et le posthume *Intorno alle cose supreme* (*Des choses ultimes*), édités par les Fratelli Bocca, à Turin, datés de 1922 et 1923, réimprimés maintes fois depuis les premiers tirages de 1912 et 1914. Médiocre traduction, sans doute, et mauvaise typographie, chargée de plus de coquilles qu'honnêtement il n'aurait été permis... Qu'importe ? C'est là qu'en italien j'ai lu pour la première fois et souvent relu Weininger, là que je viens de le parcourir encore, et les couvertures illustrées en blanc et noir de gravures sur bois d'un symbolisme floréal caractéristique de l'époque ne sont pas dépourvues de charme à mon goût. Une traduction anglaise existe depuis une cinquantaine d'années, me semble-t-il. Quant au français, ce n'est que récemment, aux Éditions de l'Age d'Homme, à Lausanne, que les deux ouvrages ont paru en 1975 et 1981, bien traduits me dit-on, ce que je n'ai nulle envie de vérifier tant je suis attaché aux vieilles versions italiennes du philosophe maudit.

Dans les années qui suivirent, j'eus l'émotion de faire connaissance avec l'un des hommes que je n'ai jamais cessé d'admirer passionnément pour son œuvre la plus ancienne, le peintre Giorgio De Chirico, et dans ses propos, toujours empreints, comme ses tableaux et ses écrits, de philosophie et d'humour, je ne fus pas surpris d'entendre souvent revenir, avec les noms de Schopenhauer et de Nietzsche, celui de Weininger, échos probables des lectures qui l'avaient frappé davantage pendant son temps d'étudiant à Munich. Lit-on avec attention son merveilleux livre de 1929, *Hebdomeros*, on retrouvera aisément, si l'on connaît Weininger, la pensée aiguë, provocante, déconcertante, de l'Autrichien, tempérée seulement par une ironie dont l'Italien, en ces temps au moins, ne se départait jamais.

Ce mot un peu banal de « métaphysique » me paraît être la clé des rapports évidents entre Weininger et De Chirico et les artistes de son groupe, comme de l'influence évidente de Weininger sur le peintre. Pour De Chirico, la signification (jamais très précise) du mot est celle d'une union entre le philosophique et le fantastique, celle d'une extrémité de l'esprit que l'on peut atteindre dans et par le silence comme Wagner l'avait atteinte par la musique, celle d'une tension mystérieuse qui si le silence avait été interrompu se serait achevée en chant d'amour. Derrière le sadomasochisme de Weininger, pareil chant et pareille musique sont toujours prêts à éclater. Jésus, écrit Weininger, est le seul homme qui ait été supérieur à Richard Wagner... Malgré son intelligence du sadomasochisme, il me semble douteux que Weininger ait lu Donatien de Sade. Je le regrette, comme je regrette que Weininger, qui est sorti de l'école kantienne comme le savent tous ceux qui se sont intéressés à son œuvre, ne se soit jamais débarrassé de la lourde sauce à la morale puisée dans la grande marmite de Kant. Bien plus essentiel, évidemment, aux yeux de De Chirico comme à ceux de son frère Alberto Savinio et de ses amis, était le fait d'une certaine chaîne d'idéalisme germanique qui, de Hegel, par Schopenhauer et par Nietzsche, arrive à Weininger et à laquelle je me permettrai d'ajouter un plus récent maillon, celui d'un lecteur assidu de Weininger, qui n'est autre que Wittgenstein.

Mais revenons à l'adjectif « métaphysique », en italien « *metafisico* », qui dut tomber cent ou mille fois de la bouche de Giorgio De Chirico à Turin vers l'année 1914 et à Ferrare après l'entrée en guerre de l'Italie, mot qui me semble avoir été employé pour la première fois au sens d'« école métaphysique », « *scuola metafisica* », par le peintre écrivain Filippo De Pisis en 1917. Eh bien, ce mot qui eut la fortune que l'on sait, je parierais qu'il s'est imposé à De Chirico par l'intermédiaire de l'œuvre de Weininger dans laquelle il revient comme un leitmotiv. Une étude approfondie des tableaux métaphysiques de cette époque, choquants, inquiétants, pathétiques dans le silence et l'immobilité, nostalgiques d'une grandeur supérieure aujourd'hui disparue, ne pourrait que témoigner de leur parenté avec la philosophie de Nietzsche et celle du jeune Weininger précipité vers la mort volontaire.

Parmi les romanciers de la péninsule, l'un des premiers à avoir été très sensible à la philosophie de Weininger, surtout en ce qui concerne la psychologie et la sexualité de la femme, est certainement le Triestin Italo Svevo, de son vrai nom Ettore Schmitz, qui avait vécu plus de cinquante ans sous la nationalité autrichienne avant de recevoir la nationalité italienne, celle de son langage, pour les dix dernières années de son existence. Et non moins certainement la leçon tirée par lui de l'antiféminisme de Weininger est celle d'un perpétuel et mélancolique hommage à la femme, en lequel se résument à peu près tous ses beaux récits. Premier romancier moderne, sans doute, de l'Italie du XXe siècle, Svevo, d'abord méconnu ou moqué, me paraît avoir influencé par la suite la plupart de ses confrères dans sa nouvelle patrie et avoir dirigé leur curiosité vers cette intelligence amoureuse du sexe féminin dont le naturel toscan est rarement capable. Entre les années 19121, 1914, dates des premières traductions, et la Seconde Guerre mondiale, je crois que presque tous les intellectuels italiens ont lu Weininger et en ont fait quelque usage. Des traces de cette lecture se retrouvent aisément dans la psychopathie sexuelle de Dino Buzzati ou d'Alberto Moravia. Tandis qu'en France, le philosophe autrichien restait presque totalement inconnu. Seul, à ma connaissance, Paul Morand avait de lui bonne mémoire. Un jour il me parla de l'œuvre et du destin tragique de Weininger avec une émotion et une compréhension qui me le rendirent plus proche qu'il ne l'avait jamais été pour moi et qui me remirent sous les yeux les pages d'*Ouvert la nuit*, de *Fermé la nuit* et de *L'Europe galante* dans une optique de sympathie bien plus forte qu'au temps de mes anciennes lectures.

Il convient de nommer ici un vrai Toscan, Giovanni Papini, dont les premiers livres au moins, *Le Pilote aveugle*, *Le Tragique quotidien*, sont admirables, car il fut le premier ou l'un des premiers en Italie à attirer l'attention sur le philosophe autrichien. Proche ou membre actif, à un moment au moins (la vie de Papini est une suite de changements), du groupe futuriste, il est fort possible qu'il ait fait connaître *Sexe et Caractère* à Marinetti, dont la conception du temps et la notion de simultanéité sont déjà et maintes fois perceptibles dans la pensée de Weininger. « Voilà la mort. Vive la mort », écrit Papini, dans l'un de ses raccourcis tragiques qui gardent en vie pour nous encore le meilleur de son œuvre. Quant au Romain Julius Evola, l'un des plus grands ésotéristes italiens contemporains, qui est mort il y a peu et dont les ouvrages sur la magie font autorité, il s'était nourri dans sa jeunesse de la philosophie de Weininger et l'on en retrouve un peu partout des traces dans son œuvre très considérable. Ses cendres, mêlées, selon son vœu, à l'origine du grand glacier des Alpes, déboucheront dans la vallée du Rhone après bien des milliers d'années, quand l'homme aura probablement disparu de la surface de la Terre... Revenant à l'influence de Weininger en Italie, je suis tenté, pour clore ce court examen, d'observer que, comme le poète Marinetti, comme le philosophe Giovanni Gentile à qui nous devons la publication de toutes les œuvres de Giordano Bruno, Julius Evola resta fidèle au fascisme jusqu'au dernier jour. Au moins était-il conscient, lui, d'appartenir à l'ère glaciaire !

Le château ardent

Quand je pense à Julien Gracq (ce que jamais je ne fais, je le confesse ou m'en vante, sans un sentiment d'exaltation cordiale qui est aussi singulier qu'agréable), je me trouve ramené, d'une manière presque obligatoire, *au Château d'Argol*. Le roman de ce nom, que je suis fier de posséder en premier tirage, l'ayant acquis lors de sa publication, a été relu par moi plus de fois qu'aucun autre récit contemporain, et je sais qu'il gardera sur moi toujours la même puissance de fascination dont j'eus la bonne surprise dans la lointaine époque qui précéda la guerre. Selon ma façon de sentir, son titre fait corps avec le pseudonyme qui le signe plus vivement et plus intimement que ne font ceux de tous les autres livres qui sous la même signature ont paru après lui. Gracq d'Argol, est-on (suis-je) tenté de dire ou d'écrire, pour parler du poète-narrateur qui vint en 1938 s'abattre dans la littérature comme un très grand oiseau, marin sans doute, mais d'une espèce inconnue... Ses superbes coups d'ailes n'ont pas fini de remuer l'air autour de lui, réjouissons-nous-en ; félicitons-nous aussi que ce grand voilier ait été capable de rendre au mot « émotion » sa signification la plus rigoureuse !

Insensible à la condamnation prononcée par les surréalistes (qui ne faisaient, d'ailleurs, que reprendre à leur compte un manque de sensibilité de Valéry), j'ai toujours aimé les récits d'un amour pareil, ou presque, à celui que je ressens pour les poèmes. En France, après Proust, à la veille de la guerre, où donc en était la narration? Le public bourgeois, plus assuré qu'aujourd'hui, donnait son audience surtout à certains écrivains de chez Bernard Grasset que l'on appelait les quatre « M », à cause de la lettre initiale de leur signature. Ces « M »-là, est-il besoin de dire qu'ils ne furent jamais pour moi de bien princiers donateurs? A l'esprit un peu trop parisien (pour mon goût) de Giraudoux, je ne crois pas avoir été beaucoup plus sensible. Mais j'étais immodérément enchanté, comme je suis toujours, par les romans et par les nouvelles de Pierre Jean Jouve, auxquels les lecteurs viendraient en foule s'ils se trouvaient moins intimidés par la gloire poétique de l'auteur; je lisais avec ivresse André Malraux, dont les trois ou quatre premiers romans ont ouvert aux hommes de ma génération des portes qui ne pourront plus, le voudrait-on, être refermées; je faisais mes délices du singulier, inquiétant et précieux algèbre affectif des récits de Marcel Jouhandeau, j'avais une dilection particulière pour Georges Limbour... L'année 1938, qui vit paraître *La Nausée* et *Au château d'Argol*, peut être considérée, la chose fut observée déjà, comme une saison météorique, et l'on a justement observé que ces deux grands objets de littérature avaient suivi et proposaient des directions contraires. Si j'en fais la remarque à mon tour, c'est uniquement pour marquer que le livre de Gracq, malgré l'« espèce » de beaucoup de ses admirateurs, malgré le ton de sa préface, en laquelle je crois voir une sorte de bravade ou de mystification plus ou moins volontaire, est tout à fait étranger à l'esprit de réaction et qu'il va même tout à l'opposé de cet esprit-là. Exception faite pour *Melmoth* et pour *Otrante*, les romans noirs de la littérature anglaise sont assez décevants; le respect que l'on n'ose plus leur refuser n'est qu'un poncif surréaliste, aussi désuet que le mépris de l'art du récit, et si l'on voulait, à tout prix, voir du « réactionnaire » quelque part, c'est plutôt de ce côté que l'on devrait regarder. Par bonheur, *Au château d'Argol* n'est pas l'imitation d'un roman noir, et, en contradiction avec sa préface, c'est un roman tout neuf autant qu'incomparable.

Pour souligner encore l'erreur des lecteurs et des critiques qui, pris au piège sournois de la préface, ont loué ou blâmé la nostalgie du passé qu'ils avaient cru apercevoir dans notre merveilleux *Château*, je me plais à souligner ici que les personnages du premier roman de Julien Gracq sont tellement *modernes* qu'ils nous paraissent beaucoup plus *actuels* en 1970 (spécialement après le printemps de 1968) qu'ils ne l'étaient en 1938. Heide est inimaginable autrement qu'en maxirobe ou nue. Albert et Herminien sont deux jeunes intellectuels contestataires qui jouent avec l'amour et la révolution, la nature et l'artifice, l'ascétisme et le luxe, la tentation de vivre et celle de mourir, comme on ne fait qu'après être passé par les cours de philosophie à Nanterre. Quant aux descriptions du livre, elles s'emparent du lecteur attentif et le captivent par quelque chose de dialectique plutôt que de réaliste, d'impressionniste ou d'expressionniste. En fait, Hegel est partout et toujours présent dans le *Château d'Argol*, et il ne cesse de mettre Wagner en balance à l'autre extrémité d'un long fléau très remuant, très aigu, très lucide. Que tel couple de forces Hegel-Wagner soit d'origine romantique, cela va de soi, mais cela met en lumière aussi combien le romantisme est moderne aujourd'hui, combien il s'enchaîne au présent, combien il organise le futur.

Ce qui est surréaliste, particulièrement, au sens où l'entendait André Breton, dans *Argol*, est une recherche de la beauté poussée jusqu'au plus absolu paroxysme, une constante volonté, chez le narrateur, de se maintenir à tout prix dans les dimensions de la beauté. Que sais-je de plus beau, au fil de tant de romans que j'ai lus, que cette phrase : « Ils se dévêtirent parmi les tombes », et les sept pages qui suivent, jusqu'au saisissement de la fin du chapitre ? Julien Gracq, en ces pages-là, jouit évidemment de la fortune rare qui est le très grand bonheur d'écrire ; il évolue, sans aucun effort qui soit perceptible, dans la plus haute splendeur à laquelle puisse atteindre l'écrivain ; il est en ce que certains nommeraient l'état de grâce. Inventer, raconter ainsi par l'opération de l'encre jetée sur le papier, est en quelque sorte marcher sur la mer. Et l'attraction du puissant pôle hégélien ne détourne pas *Argol* d'être aussi un roman mystique.

Tous les romans, récits, nouvelles, poèmes narratifs, publiés par Julien Gracq dans la suite, ont en commun le caractère d'être des écrits à haute tension et de viser à rien d'autre, ou presque, semble-t-il, qu'à faire ressentir au lecteur la présence de pareille tension derrière les mots de l'écriture. Ainsi comprise et pratiquée, la littérature prend l'apparence d'une magie désintéressée, qui se contenterait de charger son objet sans prétendre de la charge qu'elle produise aucun résultat prodigieux ou surnaturel. Je me rallierais assez volontiers, quant à moi, à cette conception orgueilleusement modeste de la littérature, sans pourtant dissimuler qu'elle va à l'encontre des ambitions surréalistes, qui étaient de charger les mots pour les faire servir à changer le monde. André Breton, d'ailleurs, considérait fort mal la littérature, et je ne crois pas me tromper en disant ici que le seul de ses amis dans l'œuvre duquel il en ait admis la présence et l'ait même approuvée fut Gracq, précisément.

Or de cette tension sublime, en laquelle je me plais à voir l'essence même de la littérature selon Julien Gracq, aucune de ses œuvres, certainement, n'est chargée à tel point que la première : *Au château d'Argol*, dont je voudrais n'avoir parlé ici que pour en faire briller à tous les yeux le fulgurant modernisme. Et je vais abandonner le rôle de critique, que je n'accepte qu'à contrecœur, parfois, dans le seul but d'éclairer ou d'illustrer ce que j'aime, pour revenir à celui de lecteur, qui me rendra illico à l'un des objets de ma plus vive dilection, ce corps glorieux de la littérature, le château ardent, *Argol...*

1970.

En guise de porte-voix

Aimez-vous Julien Gracq ? me semble-t-il qu'il m'est ici demandé. A cela je suis d'autant moins embarrassé de répondre par l'affirmative extrême que j'avais acheté et lu son premier livre, *Au château d'Argol*, peu après la publication, avant la guerre, sur la foi de ce qu'en pensait André Breton selon les dires du temps. Or j'aime sérieusement et je n'aime pas n'importe qui ni quoi. Avec *Argol*, c'était bien d'amour qu'il s'agissait, par le commandement de certaines phrases au pouvoir irrésistible, comme chez Balzac, Flaubert ou les derniers volumes d'*A la recherche du temps perdu*, voire *La Philosophie dans le boudoir* ou *Juliette* de notre très illustre Donatien de Sade ! Toute vraie littérature n'a-t-elle pas pour caractéristique d'être marquée au fer de tel genre de phrases ?

En ce premier livre de Julien Gracq, dans *Argol*, ce ne sont que six mots, et j'avouerai que de ces mots-là je n'ai jamais cessé d'être envieux ! « Ils se dévêtirent parmi les tombes », écrit simplement Gracq de ses trois personnages, Albert, le maître du château, qui a reçu déjà comme s'il y avait été par force soumis le long baiser sur la bouche de la merveilleuse Heide, la compagne amenée par son vieil ami Herminien. Les tombes sont les restes d'un petit cimetière abandonné depuis longtemps, au bord de la mer, où se déshabillent, puis se jettent à l'eau, Heide la première, puis le jeune châtelain Albert, enfin Herminien, et l'on nagera vers le large jusqu'au bout de ses forces, comme il se doit en tel lieu à trois pareils personnages, qui regagneront le rivage à peine, pleins d'une mortelle fatigue. « Et cependant, dit Julien Gracq, maintenant encore ils n'osèrent rien dire : Était-il perdu, noyé au milieu des vagues insatiables, le secret pervers de leurs cœurs ? »

La forêt plus tard entre en jeu dans une sorte de musique verbale que je crois que Julien Gracq a voulue wagnérienne et même tristanienne ; l'épaisse forêt qui de partout entoure le château et dans laquelle vont se perdre tous les après-midi Heide et Albert, sans qu'il s'y passe jamais rien que la prosternation de la femme merveilleuse aux pieds de l'homme dont la passion demeure glaciale ; la forêt dans laquelle Albert et Herminien découvriront une ancienne chapelle dont l'orgue sous les doigts du second longtemps fera entendre « le chant de la fraternité virile. Et la fin du souffle qui se retirait de la poitrine à mesure qu'il s'élevait vers des hauteurs incroyables laissa derrière lui monter dans le corps entièrement vacant le flux salubre d'une mer libre et légère comme la nuit ». Ainsi finit ce chapitre.

Tout, selon mon entendement, que je ne voudrais imposer a personne, se précipite vers la fin comme en un merveilleux opéra alors qu'Albert va découvrir le corps dévêtu, lié, blessé, sanglant, d'Heide jetée dans une sombre source dont il va la tirer pour la ramener au château et la soigner ; Albert, dont Gracq écrit que « telle devenait la capacité d'attention exclusive de son ouïe captivée que le bruit du ruisseau lui paraissait peu à peu s'enfler sur son lit de cailloux et, parvenu jusqu'à la mesure d'un fracas retentissant, remplir la forêt entière de ses harmonies cristallines et transformer en sons mêmes, d'une pureté et d'une transparence indicibles, les flaques d'argent descendues de la lune ».

On ne raconte pas le sujet d'une telle musique, et j'en viens directement, après la mort de Heide, après la séparation d'Albert et de Herminien, leur réunion postérieure, à la dernière phrase, un peu ambiguë puisqu'elle ne détermine pas absolument lequel est le mystérieux voyageur qui, « dans la toute-puissante défaillance de son âme, sentit l'éclair glacé d'un couteau couler entre ses épaules comme une poignée de neige ». Ainsi se termine la première « fiction » de Julien Gracq, l'un des plus purs chefs-d'œuvre de la littérature fantastique de langue française.

Que la littérature fantastique m'enchante, c'est, me semble-t-il, l'évidence, si je n'ai jamais cessé de la nouer avec l'érotisme pour en faire autant qu'il se pouvait un ardent feu de mots. Bien présent dans *Argol*, l'érotisme n'est pas absent des narrations de Gracq, d'une façon plus occulte que chez moi, mais qui reste non moins originale. Le charme d'*Un beau ténébreux*, second roman de Gracq, en est bien la preuve, avant le grand coup d'éclat du *Rivage des Syrtes*, dont le fantastique m'a paru, à chacune de mes lectures, plus proche de mon cher romantisme allemand, en la personne de mon non moins cher Jean-Paul Richter... Mon quatrième bonheur est le fait du recueil de nouvelles intitulé *La Presqu'île* et dont mes préférées sont « La route », au timbre mystérieusement romantique, et « Le roi Cophétua », plus français que les autres peut-être à cause de certain écho de Barbey d'Aurevilly que je crois y avoir entendu. *Le Balcon en forêt*, dernière fiction gracquienne jusqu'ici, joue superbement de ces trois thèmes essentiels : l'idiotie de la chose militaire et de la guerre en soi, une adorable gamine, fille de la pluie, et la mort indispensable à la table d'échecs d'un romancier un peu noir.

La conclusion, si c'en est une, que je voudrais tirer de quelques lignes d'hommage à un très grand écrivain, est que c'est à l'originalité et à la beauté de l'écriture que ceux-là se reconnaissent. Julien Gracq est l'un de ceux qui ont reçu la grâce. En l'en remerciant de tout mon cœur, je me voudrais le porte-voix de ses lecteurs. Rien d'autre. Et pour leur bonheur comme pour le mien, je rappellerai la magnificence de l'expression des poèmes en prose du romancier que nous aimons.

1989.

Le Cornet acoustique

Devant la traduction qui par Henri Parisot nous est offerte du *Cornet acoustique* de Leonora Carrington, que j'avais lu, il y a une quinzaine d'années, dans le texte original, brusquement je retrouve une sorte de bonheur qui m'était venu alors par la grâce de ce roman fantastique, en lequel je me plais à voir l'œuvre narrative la plus remarquable, sans doute, d'une femme dont les écrits autant que les tableaux nous ont toujours enchantés. Je revenais du Mexique, où nous avions passé, Bona et moi, un peu plus de quatre mois, et Leonora m'avait confié une dactylographie, la seule en sa possession, m'avait-elle dit, de son roman, pour qu'il fût donné en lecture à des éditeurs de Londres. A telle fin, je crus ne pouvoir mieux faire qu'en remettant la copie du *Cornet* (en anglais : *The Ear Trumpet*) au conseiller culturel britannique, non pas à cause de son titre mais parce qu'il avait fait partie du groupe surréaliste avant la guerre et parce que je le savais lié d'amitié avec Leonora, comme avec Max Ernst et Paul Eluard. Imprudence dont je me repentis fort, car pendant longtemps je n'eus aucune nouvelle du *Cornet*, et quand, après maintes sollicitations de ma part, j'en eus, ce fut pour apprendre qu'il avait été totalement et définitivement égaré par les bons soins du préposé à la Culture...

Par bonheur, les œuvres exceptionnelles, comme les personnes d'exception, jouissent souvent de certaines protections singulières ; par bonheur aussi, la distraction de Leonora Carrington est grande. Le fait est qu'une autre copie du *Cornet* se retrouva, bien des années plus tard, chez l'auteur, et que celui-là choisit de l'envoyer à Paris, chez son ami et traducteur habituel : Henri Parisot. Ainsi le *Cornet* paraît-il maintenant en version française, avant toute publication dans la langue où il fut initialement composé. Ce qui pose un menu problème, que je vais dire.

En effet, la copie mandée à Henri Parisot, comme celle qui avait passé par mes mains, est assez loin de présenter les qualités d'un texte revu et corrigé comme on souhaiterait que fussent les manuscrits quand ils se détachent de l'esprit et des doigts qui les ont produits. Or je suis certain que le *Cornet*, ou plus justement, ici, *The Ear Trumpet*, sera imprimé tôt ou tard en Angleterre ou aux États-Unis. Et il ne me semble pas improbable qu'à pareille occasion Leonora Carrington ne se remette au travail, tentation commune à tous les manieurs de plume, sur l'ancien écrit, qui risquerait alors de présenter de notables différences avec la version française actuellement publiée, laquelle possède à nos yeux, outre ses qualités, le prestige d'être en matière de bibliographie un objet rare, puisqu'il s'agit d'une « traduction originale » et même d'une « édition originale sous l'espèce de traduction ».

« Fantastique », disions-nous... Oui certes, et c'est là l'épithète qui convient à l'ensemble des œuvres de Leonora Carrington, qu'il s'agisse de choses écrites ou de choses peintes. Dans la catégorie, le *Cornet* n'a peut-être pas la perfection aiguë de *La Débutante*, le plus célèbre des contes de Leonora parce qu'il fut reproduit dans l'*Anthologie de l'humour noir* d'André Breton. Sa texture, cependant, est beaucoup plus riche ; son invention est d'une aisance incomparable ; son humour est d'une si magnifique altitude qu'il s'épanouit dans une atmosphère aussi peu respirable pour un lecteur vulgaire que l'air des cimes andines ou himalayennes. Au meilleur sens de la parole, il s'agit d'une divagation intelligente, ample et nourrie d'une vaste culture où dominent évidemment des souvenirs ésotériques, masqués ou travestis pourtant à la manière des notions mathématiques ou plus généralement scientifiques qui s'incarnent afin de raisonner et de déraisonner avec superbe dans les récits de Lewis Carroll. L'on n'ignore pas, j'espère, dès que l'on s'intéresse au monde fabuleux de Leonora Carrington, à quel point celle-là est illuminée par la savante magie du révérend victorien. Sera-t-on d'accord avec moi pour reconnaître en la nommée Marion, qui parle à la première personne dans le *Cornet* et qui manifestement est un double de l'auteur, une Alice âgée de quatre-vingt-dix-neuf ans ?

Les rapports de Leonora Carrington avec l'âge sont peu ordinaires (comme tout ce qui appartient à sa personnalité, d'ailleurs). Contrairement à la plupart des femmes qui écrivent ou qui peignent, et qui semblent affligées d'un besoin maniaque de se rajeunir, voire en truquant leur état civil, Leonora, qui a bien moins de soixante ans, éprouve du plaisir à se vieillir. Coquetterie à rebours ? Je ne le pense pas. Il suffit, sur ce point, de lire l'un peu diabolique lettre-préface qu'elle envoya à Henri Parisot, en exigeant formellement qu'elle fût imprimée en tête de la nouvelle édition d'*En bas*, l'un des livres les plus émouvants que je sache sur le plan de la psyché aussi bien que sur celui de la poésie. Mais Leonora Carrington, la jeune fille ravissante, l'amoureuse (selon ses propres termes) d'avant 1939, comme celle qui aujourd'hui vit à Mexico, dans une maison de la *calle* Chihuahua que les tremblements de terre ont fissurée, ne s'est-elle pas toujours plu à jouer à la sorcière ? Mieux, ne s'est-elle pas toujours prise un peu pour ce pour quoi elle voulait se faire prendre ? Je serais assez porté à le croire, quant à moi, et je croirais aussi que ce petit secret, si c'en est un, pourrait donner l'explication de bien des actions extravagantes que nous l'avons vue faire ou qu'on lui attribue, de beaucoup de ses œuvres et, parmi celles-là, du *Cornet acoustique* tout particulièrement.

En effet, Michelet mis à part en tant que Français (et le *Cornet* est fort éloigné de tout ce qui est de France), nous constatons que la sorcellerie, prise au sérieux plus ou moins, est un objet de dilection chez un grand nombre d'écrivains anglais, gallois ou irlandais depuis la fin du XIXe siècle jusqu'à l'époque actuelle. Pêle-mêle, je citerai les noms de Yeats, de Graves, de Machen, de Saki et d'Alsister Crowley, qui, du meilleur au pire, feront apercevoir ce à quoi je fais allusion. Il s'agit, n'est-ce pas, d'une persistance de la vieille religion naturelle et panique, celle du Wotan germanique, du Dieu cornu et de la déesse Mère Grand (la Grande Mère, la Grande Déesse), exilés, comme l'écrit Leonora Carrington, par Dieu le Père, le Vengeur, autrement dit celui que les Juifs ont légué aux chrétiens. Du retour des anciens dieux réduits à une clandestinité provisoire, de la guerre des dieux, ou tout au moins de leurs fidèles, Leonora fait dans le *Cornet* un usage qui la place au premier rang de tous les écrivains fantastiques que nous sachions, et son royal humour est sans pitié révélateur de ce qui manque à Richard Wagner, dans l'écriture de ses livrets au moins. Écrivant cela, je pense surtout au mythe du *Venusberg* et de son univers souterrain, que le *Cornet*, par le relais peut-être d'Aubrey Beardsley et de *Sous la colline*, nous propose à nouveau, sous une forme dont la fraîcheur et l'originalité sont à mon sentiment éblouissantes. « La Relation de la vie de Rosalinda Alvarez de la Cueva, Abbesse du couvent de Santa Barbara de Tartarus », placée en abyme à mi-roman, est à ce point de vue le meilleur présent que jusqu'ici nous ait fait la narratrice. Tel épisode, d'où vient-il ? Je ne saurais le dire, malgré quelques sources qui se laissent apercevoir. Suffit qu'il nous jette en plein dans le grand merveilleux !

Aura-t-on autant de ravissement que j'en eus à découvrir le « Puits de la lumière fraternelle », cette sorte de bizarre ashram pour très vieilles dames qui du tropique américain où il est situé va basculer dans la nuit polaire suivant la cabriole du globe désaxé ? Leonora Carrington, à ce point de son récit, se rapproche de l'humour catastrophique de l'un des romans anglais que je préfère, *The Purple Cloud*, de Shiel, fils d'un missionnaire wesleyen et roi d'une petite Antille sans autre population que de chèvres barbues, Shiel qui lui ressemble tant qu'il pourrait être de sa famille. Mais n'ai-je pas trop parlé de ce qui m'a rendu heureux, de ce que j'aime ? N'est-ce là, spécialement, ce qu'il faut éviter en matière de « critique littéraire » ?

« Que dois-je faire ? » nous dit Marion, l'héroïne de Leonora Carrington. « Ce serait dommage de me suicider alors que j'ai vécu quatre-vingt-dix-neuf ans et sans vraiment comprendre rien à rien. » En effet... Et je me permets de répondre, incorrigiblement, que je trouve que Marion a bien fait en ce qui nous est conté qu'elle a fait, et que Leonora Carrington et Shiel ont bien fait d'écrire leurs beaux romans fantastiques, et que l'on a bien fait de les éditer (non sans peine) et de les traduire (Shiel en français tout récemment), et qu'on ferait bien de les lire et de les aimer avec quelque passion. Ils le méritent !

1974.

Roissy en France

Il est permis que l'on soit un peu fier d'avoir été, parfois, un bon lecteur. Dans cette fierté-là, qui n'est pas vanité, rien je crois ne me pousse autant que la conscience de n'avoir pas manqué *O* quand la belle *Histoire* fut rendue publique, il y a quinze ans, et de lui avoir donné tout de suite un entier consentement et une admiration entière, alors que la plupart de nos amis du monde intellectuel demeuraient plutôt réticents ou déconcertés au premier abord d'un récit en lequel on peut voir la grande merveille produite par la littérature française dans cette époque de transition. J'avais entendu parler du livre avant qu'il ne fût publié, depuis assez longtemps, oui, mais nous étions assez nombreux dans ce cas, et je m'étonne encore que nous ayons été si rares à reconnaître le tragique éclat du livre de Pauline Réage, à nous sentir bouleversés par son accent brûlant et pur. Pareille méconnaissance, qu'il est amusant de souligner aujourd'hui, prouve l'originalité de l'œuvre. Rien n'était moins à la mode qu'*Histoire d'O* en 1954, et le livre, paru non pas sous le manteau mais au grand jour, mis en vente sans aucune restriction ni précaution, exposé dans les vitrines de tous les libraires (point très nombreux) qui pensaient pouvoir le vendre, fut regardé comme un simple objet de curiosité. C'est un prix littéraire, comme on sait, appuyé d'une petite parade en masque, qui le fit passer du rang de *curiosa* à celui des grands succès de librairie et qui lui procura diverses persécutions de la part de la police et des commissions de censure. Son éditeur, qui n'espérait pas tant, fut le premier surpris, selon mon souvenir, et plusieurs de ceux qui s'étaient montrés les plus difficiles déplorèrent le coup de projecteur qui, en lui portant un vaste public, risquait de vulgariser un livre trop précieux pour être livré à plus de quelques amateurs... Vieille aventure, qui revient soudain dans l'actualité du fait de la publication d'une suite à *Histoire d'O*.

Jusqu'à quel point *Retour à Roissy* est-il une suite à *O*, et si le mot « suite » est exact, voilà la première question qui se pose, laquelle n'est pas facile à résoudre. Nous avions, j'avais entendu dire aussi, au moment de la sortie de presse de l'édition originale (frappée, celle qui est dans ma bibliothèque, d'un joli cuivre de Hans Bellmer), que la composition de l'ouvrage avait été modifiée avant qu'il eût été remis à l'éditeur, et que des chapitres en avaient été retirés. Il n'est donc pas interdit de voir en le *Retour* un chapitre ultime que l'auteur aurait supprimé. La chronologie, en tout cas, est respectée entre le dernier épisode de l'édition originale et celui qui vient de nous être offert, autant qu'entre les quatre chapitres du roman ou davantage. Sans doute n'y a-t-il aucun rapport entre le *Retour* et le bref paragraphe (« Il existe une seconde fin à l'histoire d'O. C'est que, se voyant sur le point d'être quittée par Sir Stephen, elle préféra mourir. Il y consentit »), qui tombait comme un couperet après le quatrième chapitre, avant la table des matières. Dans ce paragraphe, il m'a toujours semblé voir un admirable artifice de la romancière et la fin véritable de l'*Histoire*, la conclusion qui donne au roman sa signification profonde et qui le scelle à la manière d'un tombeau, alors que les dernières pages du quatrième chapitre le laissent ouvert et ne sauraient constituer authentiquement une fin. De surcroît, *Histoire d'O* est amorcé, comme on sait, par un double début.

Or, Pauline Réage ne semble pas mépriser la symétrie. Nous ne verrions rien de déraisonnable à ce qu'elle eût pensé proposer deux dénouements à son récit, le premier étant celui du paragraphe joint, la mort volontaire de l'héroïne, le second étant ce *Retour à Roissy* que nous avons actuellement sous les yeux. Gardons, cependant, quelque méfiance. Réage, à première lecture sinon à première vue, paraît être d'une simplicité tellement exemplaire que la louange que l'on est tenté de lui faire est d'être « simple comme l'amour ». Simple comme Héloïse, dont Jean Paulhan, dans sa préface à la première *O*, citait la phrase superbe : « Je serais ta fille de joie », en évoquant la possibilité qu'il y eût là plus qu'une jolie phrase... L'amour, en réalité, quand il passe certaines limites, n'est pas si simple que le croient les gens bons ou mauvais. Héloïse n'est simple qu'en apparence ; Pauline Borghèse et Pauline Rolland, ces deux « célèbres dévergondées » auxquelles Réage aujourd'hui nous confie qu'elle a emprunté son prénom, ne le sont pas davantage ; Pauline Réage l'est probablement moins que toutes, contrairement à la fugitive impression que son livre nous laisse, et ni le grand silence d'O ni ce que Jean Paulhan nomme son « inconcevable décence » ne relèvent de la simplicité.

Il faut être particulièrement attentif à la petite note liminaire au nouveau récit. « Les pages que voici, écrit Réage, sont une suite à l'histoire d'O. Elles en proposent délibérément la dégradation, et ne pourront jamais y être intégrées. » En effet, *Retour à Roissy* est bien moins une aile ajoutée au quasiment mystique château d'O pour l'achever qu'une sape poussée dans ses fondations à l'intention de le miner et puis de le détruire. Au début, quand il se fait usage de l'enfantine Nathalie, gentil petit personnage dont l'apparente inutilité dans la première *O* m'avait frappé, le ton est le même et nous pensons que nous allons nous retrouver dans l'étrange couvent des sévérités libertines. Pas pour longtemps, si le nouveau récit nous montre au lieu du cloître voué à la transfiguration de l'amour un banal bordel de luxe, sorte de « country-club » comme on en rencontre, selon les initiés, aux environs de la plupart des métropoles de la société capitaliste, et si les pensionnaires de la maison, O comprise, cette fois, ne sont plus que d'ordinaires putains dressées à servir de riches idiots aussi communs que leurs partenaires. Sir Stephen, le fascinant prince aux yeux gris (Réage *dixit*), le réformateur de l'art d'aimer, l'on découvre qu'il n'est qu'un truand, assez vulgaire pour tuer, ou faire tuer, un associé malhonnête en affaires. Et c'est au bénéfice de ses affaires qu'il livre O à des brutaux, comme les filles que les industriels livrent en guise de pousse-café à leurs gros clients pour aider la conclusion d'un contrat! Le mot « affaires », ordure définitive, empoisonne de ses miasmes le *Retour*, alors que dans la première *O* son absence allégeait encore le pur climat. Allons-nous crier notre indignation?

Nous pourrions le faire. Songeons cependant que le sujet véritable d'*Histoire d'O* est une fanatique ascèse de l'amour, menée très loin sur la personne d'une femme par une méthode de dégradation progressive, volontairement acceptée par le sujet, et qui devrait, en bonne logique, aboutir à une dégradation totale de la chair. Songeons aussi que dans la mystique de la soumission le plaisir fier d'abaisser son corps est une espèce de faiblesse, guère plus excusable que le plaisir des sens. Réage, à bien considérer le propos du *Retour*, n'est-elle pas fidèle à son premier dessein, qu'elle ne fait que pousser à toute extrémité par la dégradation de l'ascèse de son héroïne, par la vulgarisation de celle-là qui du point sublime où la première histoire, après la scène de la chouette, l'avait laissée retombe à la bassesse d'une pute que l'on paye en diamants ? Le *Retour* est une suite à l'histoire d'O qui détruirait l'histoire s'il se trouvait placé après elle. Quant au problème de savoir s'il s'agit vraiment d'un chapitre original omis, ou si ce serait le seul, la narratrice nous le dira, si elle veut.

Ce qui me plaît par-dessus tout dans le *Retour* est l'introduction, où, sous le beau titre d'« Une fille amoureuse », Pauline Réage se dévoile un peu, juste assez pour se montrer sous le plus charmant jour quand elle nous conte comment, dans quels lieux, de quelle façon, elle écrivit son premier livre. Admirable Réage ! Il y a peu d'hommes et peu de choses en France que j'aime autant que cette femme et que son œuvre. Nullement à la mode, comme j'ai dit, il y a quinze ans, *Histoire d'O* a créé une mode qui sévit assez détestablement aujourd'hui et qui nous vaut de voir paraître tous les mois quatre ou cinq romans prétendus « érotiques », aussi pauvres de style que d'imagination. L'érotisme en littérature ne se justifie que s'il est exceptionnel, tel qu'il fut par le fait de Réage, tel que nous venons de le retrouver dans le très priapique, très ésotérique, très luxueux et très flamboyant *Château de Cène*, que j'ai bientôt su pouvoir attribuer à l'un des plus purs parmi les jeunes poètes de ce temps, Bernard Noël.

1975.

3

Hauteur

Hauteur, nul mot plus justement que celui-là, me semble-t-il, ne pourrait introduire à un hommage à Saint-John Perse, poète qui aime les arbres fraternellement comme je les aime aussi et qui écrivit une fois à Gide, en lui envoyant la photographie d'une rangée de palmiers : « Je vous donne cet arbre, le neuvième en partant de la gauche, et qui est une des choses les plus incomplètement belles ! je veux dire les plus belles, qui se puissent fonder. » Si les poètes, comme il faudrait qu'on le reconnaisse, sont sortis d'un ventre de femme pour surgir au-dessus des communautés humaines, et si l'encre qui leur convient pour écrire sur la page bleue du ciel est verte comme les frondaisons qui semblent dire ou tracer des paroles sous la touche du vent, combien s'en est-il trouvé, depuis que la Terre est monde, qui se soient épanouis aussi haut que celui dont je parle. Quelques-uns seulement, des âges les plus anciens jusqu'au temps où nous sommes, et parmi ceux-là je lui chercherais en vain un supérieur. Même Dante, le plus altier de tous, en l'honneur duquel, selon ses termes propres, Saint-John Perse a voulu naguère se lever, même Mallarmé, dont le verbe pourrait survivre à l'homme dans le froid suprême du vide, ce sont des figures de pairs qu'ils montrent à ma vue à côté de notre contemporain. L'on sait, n'est-ce pas, qu'André Breton, qui haïssait par-dessus tout la bassesse, et c'est une des raisons majeures que nous ayons de l'aimer, exigeait des poètes que leurs images fussent orientées selon ce qu'il nommait le *sens ascendant*. De Saint-John Perse, *le Donateur*, disait-il, Breton écrivait que « L'image — l'étoile à bout de doigts — n'a jamais été tenue plus haut ». En vérité, l'altitude à laquelle Saint-John Perse se place pour dispenser ses dons illuminateurs est telle que tout besoin d'ascension, chez lui, est aboli. Raison pourquoi, sans doute, le mysticisme est exclu de sa virile poésie aussi totalement que de celle de Lucrèce. A Henri Hoppenot, Saint-John Perse écrivait avec une acuité salubre : « Vous savez maintenant que la vie n'est que la dilatation d'une seule journée. » Plus tard, on l'entendit prononcer, en conclusion de son discours de Stockholm : « Et c'est assez, pour le poète, d'être la mauvaise conscience de son temps. » Phrase qui m'enchante parce que les mots de mauvaise conscience y sont employés sans aucune signification de péché, comme pour souligner que le poète qui parlait là s'est défini toujours par son mépris pour la basse notion de péché, par sa volonté de tuer ce vice de la pensée, sinon tous ceux qui le cultivent. Virilité encore, que je voudrais saluer avec plus de révérence que n'en peuvent exprimer des mots, car cette vertu-là se fait rare parmi les poètes de notre époque et je ne sais qu'Ezra Pound dont l'œuvre en ait donné témoignage comme fit dès son début et ne cessa jamais de faire celle de Saint-John Perse. Le seul vers assurément viril de Baudelaire me paraît être : « Homme libre toujours tu chériras la mer. » Mais Saint-John Perse, avec *Amers*, n'a-t-il pas écrit, et de la façon la plus superbement accomplie, lui, le grand poème à l'honneur de l'amour charnel dont tous les poètes de l'Occident ont rêvé plus ou moins sans jamais parvenir à le planter sur la terre des hommes comme un monument essentiel ou un arbre souverain. Saint-John Perse seul a donné corps parfait à la tâche idéale, et je me plais à penser que la cause de sa réussite rare est que plus que les autres il est un homme de la mer et du vent, un génie neptunien, un grand voilier au pouvoir aussi illimité dans l'élévation que dans la distance. Au-dessus, comme il est, de toutes les fausses distinctions que je crois qu'il méprise, notre amour est l'unique hommage que nous osions lui proposer.

1975.

Hebdomeros

De tous les peintres de ce temps, le plus inspiré, celui qui par l'intensité de sa vision poétique nous aura enchantés supérieurement, est sans doute Giorgio De Chirico dans la première partie de sa carrière au moins (jusqu'à 1926 ou 1927). L'on sait que Guillaume Apollinaire, qui devait se lier de grande amitié avec lui, fut ému très particulièrement, la première fois que dans une exposition collective il vit ses étranges tableaux, par le contenu spirituel de ceux-là. L'œuvre d'un artiste, comme celle d'un poète ou d'un narrateur, ne peut-elle être mesurée d'après son contenu ? Le cerveau même de tout créateur pourrait-il être jugé mieux que selon le vaste ou le petit univers qu'il renferme en ses circonvolutions ? De ces têtes qui contiennent (ou qui ont contenu) un monde merveilleux, je ne saurais, quant à moi, proposer un meilleur exemple que celle de De Chirico pendant ses années de jeunesse.

Or ce monde n'est pas seulement dans les tableaux, il est dans un livre aussi, le plus fantastique de tous les livres qui aient jamais été écrits par un peintre : *Hebdomeros*, paru à la fin de l'année 1929, a vraisemblablement été composé entre 1927 et 1928. Il est en tout cas largement postérieur aux anciens manuscrits du peintre qui ont fait partie des collections d'André Breton et de Jean Paulhan. Nous nous permettrons de constater que l'année de publication du livre apporte une sorte de coupure dans l'œuvre picturale de De Chirico, et que, si l'on trouve encore quelque chose d'original et de vif dans sa production immédiatement antérieure à 1929, on ne trouve plus que des copies ou que le néant dans la suite. La naissance d'*Hebdomeros* est comme l'acte de décès du peintre, et l'on dirait assez justement que si De Chirico a été pour quelque temps remis en possession de son monde mythique et prodigieux, il s'est vidé complètement de celui-là en rédigeant son livre.

Le sujet d'*Hebdomeros* (qui est, soit dit en passant, tout le contraire d'un livre privé de sens) est le mystère de la vie quotidienne tel qu'il apparaît à un observateur qui cherche à voir le plus profondément possible en toute chose et derrière chaque mot. S'il est une influence qu'il faille ici relever, c'est assurément celle des premiers livres de Papini (*Le Tragique quotidien*, *Le Pilote aveugle*), mais les voix de Nietzsche et de Weininger se font entendre fortement aussi derrière les portants du décor extraordinaire, et l'on perçoit plus d'un écho de la conversation ou des écrits des surréalistes, dont De Chirico (brouillé avec eux à l'époque) trace en certaines pages un portrait plutôt amer. Après avoir noté ces parentés diverses on les oubliera, car *Hebdomeros* est un des livres les plus superbement personnels qui nous aient jamais été offerts, et je pense que l'on suivra avec ravissement les détours du beau rêve romantique qui prend la place de la banale existence à condition que l'on ne s'arrête pas à l'aspect superficiel de la réalité. Aller jusqu'au fond de l'ordinaire, c'est le secret et c'est la méthode de De Chirico comme de Kafka, et c'est le seul moyen efficace d'accéder à un univers fantastique. En même temps, le caractère intime du maître d'œuvre (ou du sujet) se révèle. A ce point de vue, c'est une sorte d'illumination que de découvrir la noblesse d'âme, le tendre humour et l'innocence de l'auteur d'*Heb-*

domeros dans le moment où il fut un véritable inspiré. Nous nous élevons avec lui jusqu'à des régions où seuls le rêve et parfois un poème ou une musique nous avaient transportés.

Le livre fut soldé peu après sa publication, à cause de la faillite des Éditions du Carrefour, puis, devenu rare, il fut très recherché. Réjouissons-nous donc qu'une nouvelle édition, au texte avec soin revu, le mette à la portée de tous ceux qui ne le connaissaient que par ouï-dire.

Rosa *la rose*

Rosa : la rose, oui, mais avant de parler d'une chose je voudrais retrouver ce qui pour moi fut son commencement, bien plus reculé, dans notre actuel propos, que ma première leçon de latin, et c'est pourquoi j'en viendrai d'abord à la petite églantine, dont ce n'est pas le moindre charme, par ailleurs, que d'être au premier jour de mai le signe de ralliement des hommes qui voudraient changer violemment le monde. Mes plus anciens souvenirs, je crois pouvoir les situer à l'âge de trois ou quatre ans et à l'endroit de la clinique vaudoise de Val-Mont (où, le 29 décembre 1926, mourut Rilke, d'une leucémie dont la cause initiale, selon une légende trop belle pour n'avoir pas été inventée, aurait été l'égratignure d'un piquant de rose). Là, en 1912 ou 1913, ma mère se reposait dans un lieu qu'elle aima toute sa vie, cette maison de santé (comme on disait) un peu modern style et construite à flanc de montagne entre la Dent de Jaman souvent voilée de nuages et le château de Chillon qui fut signé par Byron dans la pierre d'un cachot au-dessous du niveau des eaux du lac Léman qui l'entourent. Avec ma vieille gouvernante, que j'appelais Mie, j'allais sur la route et par les sentiers des bois voisins de la clinique, et si j'ai gardé en mémoire les images des ponts plus ou moins rustiques qui sont encore pour moi des symboles essentiels de la vie et celles des étranges feuilles des pas-d'âne qui ouvraient leurs fleurs jaunes au bord des ruisseaux, je sais bien que je n'oublierai pas non plus les buissons d'églantiers qui fleurissaient partout après la venue du printemps. Leurs simples corolles, aux cinq pétales pâlement colorés, n'étaient-elles pas assez semblables, par la forme et les tons de chair, à ces petites roses d'automne que dans l'après-midi du 17 octobre 1947 je portai à l'hôtel des Saints-Pères pour les offrir à la jeune Bona Tibertelli que je ne connaissais pas encore mais dont j'avais pressenti qu'elle méritait des fleurs ?

Donc l'églantier, dirai-je, comme on dit *ab Jove principium*... Cette petite rose de nos campagnes, qu'en latin encore se nomme *rosa canina* et en vulgaire « rose des chiens », si elle n'est pas l'ancêtre des opulentes roses d'horticulture lesquelles doivent probablement davantage à des roses doubles venues de l'Inde et de la Perse dès l'Antiquité, en est au moins le soutien dans la plupart des cas. Par le procédé de la greffe qui consiste, comme on sait, à asservir un robuste plant rustique pour l'obliger à nourrir une tête de luxe artificiellement imposée à son corps. A peine avais-je appris à lire, mon père, pendant une permission au cours de la Première Guerre mondiale, m'avait donné un exemplaire du *Voyage autour de mon jardin* d'Alphonse Karr, que j'ai toujours et que j'ai lu plus de fois que je ne saurais me rappeler. Dans les pages de ce livre, puis dans le jardin des Épinettes, maison qu'en Normandie nous habitions, j'ai découvert avec complicité l'existence du « gourmand », ce surgeon révolté qui essaye de croître à la sauvette et d'affamer la trop belle rose tyrannique, l'exploiteuse, afin de détourner la sève, le sang vert, au profit de l'originelle rose des chiens qui voudrait vivre, bourgeonner et fleurir. Il n'est pas indifférent d'ajouter que la tige des gourmands est rouge au début de leur poussée, et que souvent je tentais de les abriter derrière des branchages, quelque menu fagot, pour les cacher au jardinier qui s'il les voit les coupe ou les arrache illico. Le combat sempiternel de la révolte contre l'ordre autoritaire, c'est l'églantier, la rose canine, qui m'en donna le premier exemple. Des roses doubles, écrit Alphonse Karr, les botanistes prétendent que ce sont des monstres, et il ajoute gentiment : « Comment appellerons-nous les botanistes ? » Moi qui prenais contre les monstres de luxe le parti du plant commun, par un sentiment de justice inné chez l'enfant, n'avais-je pas les botanistes comme alliés ? Si j'avais pu, je les aurais appelés au secours... Sans insister davantage, constatons que le symbolisme révolutionnaire du gourmand d'églantier est à l'opposé de celui de l'image de la rose au poing de Mitterrand ou de la formule « du pain et des roses », laquelle n'est pas sans rappeler le *panem et circenses*, « du pain et du cirque », des empereurs romains. Asservissement suivi de révolte ou bien distribution paternaliste d'un peu de luxe aux déshérités, ce ne sont là que deux interprétations possibles sur le plan politique d'une fleur à laquelle les hommes ont donné presque tous les sens et toutes les significations, jusqu'à en faire une sorte d'image ou de miroir de l'humanité tout entière, confondue en chair et en esprit dans la merveille suavement parfumée de sa belle corolle. Fleur d'amour, elle est aussi la fleur humaine par excellence, supérieurement au lotus, qui joue à peu près le même rôle en Asie orientale mais dont l'aspect est trop constant pour figurer ce qu'à tort ou à raison nous appelons notre « civilisation », laquelle se caractérise par une faculté de changement perpétuel. René Châtain, dans *Le Grand Livre de la rose*, qui le préoccupait depuis plusieurs années et dont il doit être considéré comme l'instigateur, a choisi pour objet, me semble-t-il, telle longue et laborieuse humanisation d'une fleur que l'on n'ose plus nommer « reine des fleurs » depuis qu'elle s'est ou plutôt qu'elle a été détournée de la simple catégorie botanique. Par l'étendue de sa culture (puisque c'est toujours de cela, au fond, qu'il s'agit!), comme par la rigueur et la précision de son choix, l'illustration que du phénomène il donne devient à nos yeux une sorte de mise en lumière.

Figuration idéale de la coupe de vie, la rose, dont j'ai déjà dit que le symbolisme avait fini par se prêter à tous les aspects de ce qu'avec vanité l'on appelle notre civilisation, est devenue le cadran des heures claires et des heures obscures de tous les hommes sur la face de la terre. Voir en elle, comme certains ont voulu faire, un mandala individuel ou communautaire, est abusif, bien entendu; il n'en demeure pas moins que par les rites, par les croyances, par l'usage ou par son simple pouvoir émotif la rose, depuis plus de deux mille ans, se trouve liée à la naissance de l'être humain, à la virginité de la fille, à la perte de cette virginité (« défloration ») et aux plaisirs charnels, au caractère éphémère du corps humain, à la mort du corps, aux idées de régénération ou de renaissance spirituelle. Quand ils fêtaient, au mois de mai, les Rosalies, les Romains déposaient sur les tombes des roses coupées, ils offraient aux manes des mets de roses (et nos confitures de roses viennent peut-être de là)... Hécate, la triple et terrible déesse aux chevaux et aux chiens ténébreux, était représentée parfois avec une couronne de roses, comme pour laisser quelque espérance aux hommes... Oui, mais je voudrais barrer ici la coulée fade et renverser le courant en rappelant que la belle rose de luxe, que les catalogues des horticulteurs offrent à des centaines, voire à des milliers, de variétés, n'est en fait qu'une fleur artificielle, une création de ce même être humain qui en a tiré le symbole de son existence. A l'origine, la transformation d'une partie des étamines en pétales a pu n'être qu'un phénomène naturel quoique d'ordre pathologique, une sorte de maladie ou de caprice d'où les primitives églantines sont sorties embellies d'une double corolle. Mais les jardiniers (et l'on sait que les jardins, sans parler de celui de la Genèse, remontent à la plus haute antiquité...) n'allaient pas tarder à intervenir. Sur aucun végétal que l'on sache ils ne se sont acharnés autant que sur le rosier, encouragés, sans doute, par la transformation des étamines, cette foison d'amants jadis prompts à répandre par l'intermédiaire des insectes visiteurs la poudre d'or du pollen qui allait causer la fécondation, maintenant réduits au rôle décoratif d'enjoliver de soieries le sanctuaire. Sacrifice qui en émasculant, en féminisant et en théâtralisant toujours davantage les dérivés de l'églantine aboutit à faire de la rose ce qu'elle est devenue dans les temps actuels, une fleur factice ou presque, un produit de l'industrie, un accessoire de la mode. Et l'on ne sépare pas la mode de sa sœur la mort, Leopardi l'a dit assez définitivement.

Le paradoxe est donc que l'homme ait rattaché la rose à la mort tout en la consacrant à l'éloge de la vie, qu'il en ait fait une fleur épanouie sur la mort (botanique) des amants en lui prêtant le masque de l'extase amoureuse. Veut-on penser pourtant que la mort est inséparable de la vie et que depuis longtemps les hommes considèrent la vie et la mort comme le jour et la nuit d'une existence qui n'a de raison d'être que l'amour, alors le paradoxe éclate ou se déclôt comme un bouton de rose et nous retrouvons la clé de l'interprétation mystique qui a fait de la fleur la moins naturelle et la plus luxueuse de nos jardins le symbole essentiel du vaste appareil où le microcosme de l'esprit humain est à l'image du macrocosme universel. De cette vision prodigieuse où la rose figure l'âme du monde comme la coupe ou la roue qui réunit l'infinité des petites âmes disséminées dans le tournoi du divin amour, un poète est, sinon le primordial inventeur, au moins le plus merveilleux illuminateur : Dante. La rose ineffable, illimitée dans le temps comme dans l'espace, que lui montre Béatrice quand avec elle il est parvenu au cercle ultime du Paradis, est une rose blanche, la *Rosa Candida*, remarquons-le en passant, sans oublier que la rose blanche est un signe de pur amour qui distingue certaines pages des *Rosiers des philosophes*, ces traités d'alchimie. Botticelli, dont l'illustration de Dante est sublime, a parsemé de roses ses figures féminines, concepts de tous les possibles proposés par le sourire de la femme jusque sous la sévérité de Savonarole. Une rose bleue, écrit Alain Gheerbrant, serait le symbole de l'impossible. Raison pourquoi, dirais-je, l'apparition d'un tel phénomène n'est pas improbable dans l'ère antinaturelle où les hommes sont arrivés récemment. Et la mystérieuse fleur bleue, objet de la quête d'Henri d'Ofterdingen, ne serait-elle pas une rose céleste ? Je ne voudrais pas quitter la rose mystique, dont les pétales, dût-on l'effeuiller, rempliraient la bibliothèque de Babel, sans louer en elle la divine féminisation que son image n'a cessé d'imposer aux aspirations à quelque consolation ou à quelque domination transcendantes qui soulèvent encore une partie de l'humanité. La forme de la rose imprime dans le mysticisme le titre souverain de la femme comme le fer rouge marque la robe des taureaux au monogramme du maître de l'élevage.

Tellement féminine est la rose que le mot qui la nomme a pu désigner le sexe même de la femme, voire son pucelage, et la vulgarité rejoint ici la plus noble poésie. J'en donnerai pour témoignage trois vers de Mallarmé qui, selon que je les entends, m'enchantent :

Et, pareille à la chair de la femme, la rose
Cruelle, Hérodiade en fleur du jardin clair,
Celle qu'un sang farouche et radieux arrose !

Singulier ballet, en vérité, que celui que dans les poésies de l'Occident et de l'Orient dansent les mots de « rose » et de « femme » avec ceux de « tourment », de « torture » et de « cruauté » ! Rotrou, un peu banalement, écrit que :

Les plus cruels tourments n'auront été que roses.

Son propos ne mérite d'être cité que parce qu'il est moins connu que d'autres. Dans les temps modernes, personne n'a parlé ni, je crois, ne parlera de la fleur luxueuse aussi bien que le grand voyant japonais Mishima, pour lequel la rose était rouge avec autant de certitude et de faste que pour Dante et Mallarmé elle était blanche. Rouge comme les blessures ouvertes par les pointes des flèches dans la peau de saint Sébastien, avec qui Mishima parfois s'identifiait. Entre cent ou mille fois qu'il évoqua les roses, dont il jonchait son corps d'athlète, la phrase qui demeure dans notre mémoire est : « La persévérance de la femme est capable de changer toutes les tortures de l'enfer en une rose unique. » De cette persistance mémoriale, je crois savoir la raison, qu'il me plaît de rapprocher de l'image sur laquelle un avion de bombardement lance des roses comme il lancerait des bombes. Car le Japon de Mishima est jusqu'à présent (2 juin 1976) le seul pays qui ait fait dans la peau de ses habitants l'expérience de la bombe atomique, dont la version améliorée est bien capable d'abolir la civilisation des hommes et ses symboles en même temps qu'elle supprimera la vie sur la face de la terre. Et le dernier champignon atomique, auprès duquel celui que virent les gens d'Hiroshima avant que le feu céleste ne les consumât n'était qu'une pauvre girolle, ne se pourrait-il que sa forme définitive fût plutôt celle d'une rose immense suivant l'expression visionnaire, sinon la prédiction, des poètes ?

Juin 1976.

Plongée

Rien ne donne aussi faim que de nager masqué, pour aller, sous l'eau (point n'est besoin de descendre très bas, la lumière diminuant à mesure de la profondeur), observer les ravissants animaux que l'on retrouvera, plus tard, au marché, et dont Ninette Lyon nous dit s'il convient de les pocher, de les frire, de les rôtir, de les griller, ou de les mettre à sauter bien enfarinés au préalable... Quiconque a de cette façon vu les rougets barbets brouter la mousse d'un rocher avec des mines de chèvres au pacage sera pris pour eux d'un appétit presque charnel, qu'il ne sentira jamais pour les bêtes à viande et qui le fera consentir sans discussion aux prix assez excessifs que lui demanderont les poissonniers. Oui. Mais il saura que les barbets en vie, ou pêchés depuis peu, ont une couleur qui hésite entre le bronze et le vermeil, et il se méfiera, j'espère, de ces rougets trop rouges que l'on nomme rougets Dakar et qui ont été placés sur la glace au large des côtes du Sénégal. Ninette Lyon sur tous ces points divulgue, informe et met en garde, et elle est savante en apprêts de la pêche comme un père jésuite en péché, comparaison qui va de soi, n'est-ce pas, puisque la différence ne tient qu'à l'accent aigu ou circonflexe...

Plaisanterie, érotisme ou mystique mis à part, il faut être bien lourdaud pour n'avoir pas de goût au poisson. Quant à moi, je ne sais rien d'aussi joli ni d'aussi attirant, sur un plat, que les nourritures marines ou venues de l'eau douce. C'est un monde fantastique qui nous est présenté tout naturellement par les formes et les couleurs des poissons, des crustacés, des mollusques céphalopodes, gastéropodes ou pélécypodes, et les chefs-d'œuvre de la cuisine montée ou de la pâtisserie feront toujours piteuse figure à côté. Et puis, quel plaisir que de mordre dans des bêtes qui semblent faites pour vous mordre.

Jean Paulhan, qui avait vécu à Madagascar, affirmait que lorsqu'on voyait un requin en se baignant il fallait aboyer dans l'eau, car les requins, ajoutait-il, ont peur des chiens. Mais la plupart des sortes de requins se mangent agréablement, et j'ai mangé de trois ou quatre. Ainsi, me disais-je dans la mer Rouge ou dans le Pacifique, c'est moi qui devrais leur faire peur puisque je suis mangeur de requins; et si l'un d'eux, par ignorance, m'attaquait, j'aurais la consolation de penser que c'est moi qui ai commencé. Une raison de plus pour recommander l'ichtyophagie.

1979.

La Fille de Rappaccini

A la date d'aujourd'hui (22 janvier 1972), *La Fille de Rappaccini* est la seule œuvre théâtrale d'Octavio Paz. Sa violence et sa tension poétique, quand elle fut récitée devant moi, en 1958, au centre révolutionnaire espagnol de Mexico, m'émurent au point suprême. Pendant le voyage de retour, sur le cargo vénitien *Francesco Morosini*, je traduisis cette courte pièce; alors je la compris mieux; je crois que je l'admirai plus encore. Souvent, je l'ai relue; elle n'a pas cessé de m'enchanter à la façon dont nous enchantent les grands drames passionnels que la poésie ou que la musique font exploser au-dessus de la conscience des hommes pour les obliger à relever la tête et à regarder dans le ciel obscur. Dommage qu'elle soit si brève, dira-t-on... Sans doute, mais la passion ne s'accommode de la longueur qu'à l'opéra, et le caractère d'Octavio Paz est de telle sorte qu'il lui est impossible de temporiser. Les répliques de sa pièce vont comme des flèches dont les pointes d'obsidienne auraient été enduites de curare. Un même instant réunit la rencontre amoureuse et la destruction du couple.

Ce qu'il faut (faire) remarquer, d'abord, est qu'il existe un contraste si abrupt et tellement profond entre l'auteur du conte d'où la pièce est tirée, Nathaniel Hawthorne, et l'auteur de la pièce, Octavio Paz, que la fantaisie de l'un et la poésie de l'autre ne pouvaient que se caramboler avec magnificence. Hawthorne (à l'invention narrative duquel Paz est resté fidèle) est en effet, comme il est connu, un puritain à l'esprit façonné par la Bible autant que révolté par la morale judaïque, un disciple farouche de Milton, volontiers ébloui par une certaine grâce luciférienne en laquelle se confondent la beauté du mal et la beauté de la femme. Paz est un surréaliste mexicain qui eût été un grand romantique au siècle dernier, un grand élisabéthain dans l'Angleterre du XVIIe. Son vaste savoir dans le domaine littéraire, dans le philosophique, dans le mystique, dans l'ethnographique et dans l'historique s'est trouvé animé au contact d'André Breton, et cette « animation » particulière (en laquelle pourrait bien résider le tant discuté phénomène du surréalisme) était probablement à son maximum d'intensité lorsque à Mexico, en 1956, Paz regardait avec nostalgie vers Paris dont il venait de s'éloigner. Le choc qu'il reçut de la lecture (suggérée par la surréaliste Leonora Carrington) de la nouvelle de Nathaniel Hawthorne, c'est dans la catégorie de « l'amour fou » que nous le pouvons inscrire.

Oui, mais Hawthorne, dans le sillage de Milton et peut-être dans celui de Marlowe, a donné naissance à un personnage, Rappaccini, qui est beaucoup plus qu'un sorcier ordinaire puisque ce n'est rien moins que le créateur d'un jardin du mal qui ne dissimule pas d'être l'inverse et le rival, sinon le complément, du Jardin originel. Il est curieux, mais il est flagrant, qu'une lecture excessive de la Bible fait rêver parfois de quelque sorte de père inverse qui s'opposerait au père de bonté et de justice comme le négatif s'oppose au positif et la nuit à la clarté du jour. De telle espèce est Rappaccini et, de la même façon que son merveilleux arbre du mal rayonne dans le jardin dangereux, sa fille Béatrice resplendit de la beauté des anges noirs. Or il me semble que dans son mythe Hawthorne était si bien à l'aise qu'il n'y avait pour lui rien que de naturel au couple formé par Béatrice et par l'arbre, couple incestueux, cela va sans dire, puisque tous deux sont créatures du même père. Plus encore : pour Hawthorne, le véritable amant de Béatrice est l'arbre, tandis que le jeune Napolitain n'est qu'un lourdaud et un lâche dont la basse humanité va détruire un amour qui était au-delà du divin. Cela, Paz est trop positif pour l'admettre vraiment, et je crois sentir que pour lui le mythe de l'amour doit poser sur un support viril glorieux; alors, sans trahir Hawthorne, il se rabat sur l'héroïne, Béatrice, dont il fait une sœur plutôt d'Yseult que de Lilith. Et la pièce, finalement, n'est pas tant un chant d'amour qu'un éloge et une sublimation de la femme amoureuse. Déviation à laquelle nous souscrivons avec enthousiasme, est-il besoin de le dire?

Le Messager n'est guère un messager; nous sommes fondés à trouver plutôt en lui le miroir magique de la tragédie. Il appartient à Octavio Paz uniquement, distingué qu'il est des chœurs antiques autant que de tous les témoins ou commentateurs dont use le théâtre moderne. Avec brièveté, mais éclat, son rôle nous fait entendre la voix de la poésie même de Paz, un lyrisme altier, soutenu de métaphysique et d'alchimie, une imagination vertigineuse.

Et puisque à plusieurs reprises, ici, j'ai parlé de musique, je dirai enfin qu'il me semble que *Rappaccini* contient le philtre le plus wagnérien de toute la littérature contemporaine.

1972.

Signature du Bélier

Étonnerai-je quelqu'un en écrivant que des cinq (six en comptant le portugais) grandes langues occidentales, nulle aujourd'hui n'est riche en poésie (ou en poètes) autant que l'espagnol, et cela par le mérite très particulier de l'Amérique latine ? Si oui, comme il est probable, puisque les bons entendeurs, voire les simples amateurs, de poésie sont d'une espèce aussi raréfiée que celle des loups-cerviers, je dirai tant mieux ! Et j'ajouterai qu'il me semble que, sous l'angle de tout ce qu'il y a de plus sacré en littérature, l'Amérique porteuse de vraie culture et de vraie civilisation s'étend approximativement du cap Horn jusqu'à la frontière qui va de San Diego à Matamoros en suivant à l'ouest le cours du Rio Grande Del Norte, l'autre partie du continent étant peuplée de gens qui usent à peine d'un langage et dont les activités se réduisent à peu près à accumuler des bank-notes et à porter la mort dans le ciel pour la jeter d'en haut sur les innocents qui ne consentent pas à devenir leurs esclaves... Mexicains, Cubains, Guatémaltèques, Colombiens et Vénézuéliens, Péruviens, Boliviens, Uruguayens, Argentins et Chiliens, que d'hommes, parmi vous, qui ont reçu le don d'être maîtres du verbe et de faire des simples mots du vieil idiome castillan des instruments d'enchantement et de révélation ! Je n'en sais qu'un petit nombre qui soient capables de nous passionner aussi totalement qu'Octavio Paz...

Passionnants sont les êtres humains et les œuvres dans la mesure où ils sont eux-mêmes chargés de passion ; cette petite réflexion, qui est presque banale, s'applique à la poésie et aux poètes plus qu'à tout autre objet qu'on lui pourrait trouver. C'est à Paz, bien entendu, que je pense en écrivant cela ; à Paz qui est en singulière contradiction avec son état civil, puisque son nom signifie « paix » et puisque de lui-même et de tout ce qui est sorti, sort et sortira de lui on ne peut parler justement sans évoquer une violence créatrice qui est de nature éruptive et ignée à tel point que nous sommes parfois tentés de ranger ce poète parmi les plus beaux volcans de son pays. Bélier selon le zodiaque, Paz incontestablement porte la marque de son signe natal. Dans son écriture, dans sa pensée même, quand on observe sa démarche on le voit qui baisse la tête et qui fonce. « Poète, il te faut une philosophie forte », écrivit-il dans un de ses anciens livres, et je crois que cette phrase, assez étonnante pour qu'elle n'ait pas manqué d'être maintes fois relevée, a le sens que la poésie (celle de l'auteur, cela va sans dire) est une énergie qu'il convient d'armer, de cuirasser, de blinder en quelque sorte, pour faire d'elle une puissance de choc capable de renverser les obstacles, un instrument spirituel comparable au « bélier » qui servait jadis à abattre les portes closes. Car la poésie, pour Octavio Paz, est de toute évidence un moyen de connaissance et même de découverte par illumination ; le poème est une tête de feu, une tête d'or qui est ruée contre les ténèbres pour les déchirer. Paz est un poète solaire, dont la violence brûlante ne vise qu'à la lucidité. La nuit, où la plupart de ses frères en poésie ont de tout temps trouvé leur meilleure inspiration, lui convient moins que le grand jour. Parfois, je me suis demandé si ce n'était pas la signature de son Bélier natal, animal inséparable du vieux monde méditerranéen, qui rattachait si curieusement ce Mexicain à la Grèce antique.

On n'est pas mexicain avec indifférence, dirai-je, tant j'ai ressenti la force émouvante d'un esprit singulier qui se retrouve également du nord au sud de la vaste confédération, en une multitude de peuples unis malaisément par la domination aztèque puis par la connaissance et l'usage souvent superficiels de la langue espagnole. Chez Octavio Paz, qui plus dramatiquement que d'autres a pris conscience de son origine à demi indienne, la mexicanité est à la base d'une culture beaucoup plus foncièrement universelle qu'il n'est commun d'en rencontrer, même parmi ces admirables cosmopolites que sont en majorité les intellectuels latino-américains. Paz, en effet, connaît tout ce qui vaut d'être connu dans le répertoire des littératures de langue espagnole, française et anglaise. Le domaine allemand, l'italien, le latin et le grec antique lui sont presque également familiers. En outre, les longs séjours qu'il fit en plusieurs pays d'Orient pour les besoins d'une carrière diplomatique qui fut la sienne jusqu'au jour où il se sentit obligé de jeter comme un gant sa démission à la face du gouvernement responsable des massacres d'étudiants à Mexico lui donnèrent l'occasion d'acquérir une véritable science en ces matières, généralement réservées à quelques spécialistes, qui sont la poésie, la philosophie et les traditions religieuses de l'Inde, de la Chine et du Japon. Assez remarquable, me semble-t-il, est le fait que pour présenter récemment une exposition d'art tantrique à Paris l'on ait dû avoir recours à deux poètes, qui sont Henri Michaux et Octavio Paz.

Sans l'Orient, Paz n'eût peut-être pas été le poète dont la perfection brève a (pour moi) tant de charme. Pour mon plaisir, pour celui de quelques lecteurs aussi je l'espère, je proposerai ici des traductions de quatre de ces courts ouvrages que je trouve dignes d'être accrochés comme des pendentifs au cou d'une belle dame. Ils sont tirés du recueil intitulé *Salamandra* et je n'en connais pas, jusqu'à présent, de version française.

CARESSER

Mes mains
Ouvrent les rideaux de ton être
Te voient en autre nudité
Découvrent les corps de ton corps
Mes mains
Font un autre corps à ton corps.

DURÉE

IV

Parle écoute réponds-moi
Ce que dit le tonnerre
La forêt le comprend.

V

J'entre par tes yeux
Tu sors par ma bouche
Tu dors dans mon sang
Je m'éveille à ton front.

PAIRS ET IMPAIRS

II

Les yeux largement cernés
Sur ta face il fait nuit encore.

IV

A l'heure où les journaux
Se déplient
Tu te couvres d'oiseaux.

V

Entre mes bras
Et
Entre tes jambes
Nous sommes
Comme de l'eau dans l'eau.

Que l'on veuille bien ne voir en ces quelques citations que des échantillons exemplaires (comme pourrait dire Paz, usant d'un jeu de miroirs sémantiques qui est assez dans le goût de plusieurs de ses contemporains en Amérique latine). Les deux derniers laissent paraître un certain écho d'anciens poèmes d'Ungaretti, et Lorca, quoiqu'il soit bien plus attaché à la vocalise qu'au concept, n'est pas loin. Toutefois, je répète que, sans le Japon, ce Paz-là ne se serait pas aussi précieusement épanoui. Il en existe un autre (l'ambiguïté étant un caractère essentiel d'Octavio Paz, comme en témoigne assez son plus grand et plus éclatant ouvrage,

Pierre de soleil) qui présente un aspect contraire ou quasiment. Rappelant les allures de cogneur du bélier auquel je me suis permis de faire allusion déjà, ce deuxième avatar du poète lance les images comme des coups de tête et soumet le lecteur (l'amateur de poèmes) à un véritable bombardement de métaphores et d'analogies. Plus baroque, plus surréaliste aussi, les noms qu'à propos de lui nous sommes portés à évoquer sont ceux d'André Breton et de Benjamin Péret. Par rapport aux Français, pourtant, la violence du Mexicain, quand il se déchaîne, passe toute comparaison, et il m'émeut davantage parce que je sens et je sais que la puissance de son émotion propre est d'une tension beaucoup plus élevée. S'il est assez probable qu'il prend ces départs fulgurants avec le désir de laisser derrière soi le contrôle de la raison, il a trop de passion en lui, cependant, pour divaguer au joli gré de l'écriture automatique, et sa déraison est éruptive sans s'écarter de la ligne de jet tracée par l'amour, par la voyance ou par la colère. De toute évidence, Paz est un parent moderne d'Héraclite. Il l'est avec plus de naturel et de spontanéité que la plupart de ceux qui chez nous ont regardé du côté des présocratiques. Et il se distingue par une soif de rythme et un appétit de musique qui chez les surréalistes, Arp et Eluard, peut-être, mis à part, ne se sont pas souvent fait sentir.

En écho (prolongation ou conclusion) d'une phrase célèbre de Marcel Duchamp, Paz écrivit un jour une sorte de déclaration tellement éclatante qu'elle nous frappe comme un coup de foudre : « Pour ma part, me fascine la quête de l'objet à une dimension qui ne laisse aucune ombre. » Lit-on cela en toute tranquillité d'esprit, alors je crois que l'on ne comprend pas grand-chose à ce qu'on lit, car Paz, même quand il parle d'art, ne cesse jamais, c'est manifeste, de penser à la poésie, particulièrement à la sienne, et mon interprétation n'est pas outrée si je dis que le Graal à la recherche duquel Paz est en chemin est une poésie qui ne laisse des lecteurs aucune espèce de trace. Non point soleil à midi (sous lequel, en dessous de tout objet, demeure un point obscur sur le plan de projection), mais soleil omniprésent dans le temps comme dans l'espace, voilà le champignon, le tigre ou le dieu que Paz goûterait assez de voir déchaîné par ses maîtres mots sur la pullulation de la conscience humaine. D'Héraclite, s'il nous restait plus que les fragments que l'on sait, ne serions-nous pas justifiés d'avoir une opinion comparable ? Car il y a des poètes capables d'exercer une puissance d'égarement, sinon même de désintégration, telle qu'à s'approcher d'eux, comme du radium ou de la pierre idéale des adeptes, l'on ne se retrouve pas indemne en les quittant. Octavio Paz est de ceux-là, je parle ici en connaissance de cause, dans le moment où je me plais à le saluer avec admiration et respect.

1978.

Jouve

Jouve, a-t-on remarqué combien la sonorité de ce long monosyllabe est singulière et superbe, combien son aspect typographique, quand il surgit, précédé du double prénom (sans trait d'union), sur une page de titre, retient l'œil et fascine ? Les correspondances que sans subtilités il évoque sont « louve » et « j'ouvre ». Autrement dit, c'est par le fauve (sous la forme femelle) et par la clé qu'il nous frappe à première ouïe comme à première vue, et sur notre conscience obscure l'emprise de si puissants symboles est telle qu'elle nous met, presque de force, le livre entre les mains. Ce qu'ici je me plais à écrire relève de l'expérience personnelle. Pierre Jean Jouve, en effet, est le seul écrivain dont j'aie acheté les livres (à partir de ma dix-huitième année, en 1927) sans avoir lu sur eux la moindre critique, sans même en avoir entendu parler. *Nouvelles Noces* dans la jolie collection « Une œuvre, un portrait », avec l'image du poète dessinée par Joseph Sima, fut l'initiateur, ou la charmante initiatrice, d'une passion renforcée tout de suite par *Paulina 1880* et par *Le Monde désert*, passion qui n'a jamais faibli en moi et à laquelle je dois de grands bonheurs. Il convient de rendre grâce, me semble-t-il, à un nom capable de s'imposer d'autorité ainsi. A son sujet, l'on pourrait, sans trop d'outrance, faire allusion à la cabale ; si je me borne à parler de coup de foudre, c'est autant par modestie que parce qu'il est raisonnable, à propos de Jouve, de ne pas s'écarter des catégories de l'amour.

Car Pierre Jean Jouve, en poésie ni plus ni moins qu'en prose, à l'instar de Baudelaire, vers lequel son œuvre entière est tournée avec une ferveur qui atteint au mysticisme mémorial, ne prend la plume que pour célébrer l'amour, pour l'observer, pour l'illustrer et pour l'approfondir. Ses deux grands ouvrages de critique musicale, consacrés au *Don Juan* de Mozart et au *Wozzeck* de Berg, n'échappent pas à cette règle, qui gouverne également ses préférences picturales : Delacroix, Courbet, Sima, Balthus. Chez ces quatre illuminateurs passionnés, comme chez les musiciens des deux plus sublimes opéras qu'avec *Tristan* la culture occidentale ait produits en l'honneur du grand vertige sexuel, l'on remarquera que l'expression de l'amour est inséparable d'une certaine morosité tragique qui allie majestueusement la mort avec les transports affectifs et qui aboutit à un certain climat érotico-religieux, climat qui est précisément celui sous lequel ont prospéré tous les écrits de Jouve, à la suite, ou à l'exemple, de ceux de Baudelaire. Tel climat, de par sa nature ambiguë, est brouillé, cela va sans dire ; un peu involontairement chez Baudelaire, tout à fait volontairement, pensé-je, chez Jouve, en qui je me permets de voir le plus intelligent et le plus conscient des usagers de l'inconscient dans les temps modernes.

J'aime et sur cette queue plantée en terre
Je bâtirai mon église

écrit royalement, dans *Matière céleste*, le poète. Orientés par cette bouleversante image, nous avons le droit et la félicité de voir en l'œuvre entière, tant narrative que poétique, de Pierre Jean Jouve, la tentative menée à bien de construire un temple mystico-priapique dans lequel le vieux Pan a rejoint le Christ par-dessus le gouffre où croula la Rome antique, temple qui est un théâtre et un amphithéâtre aussi, par la grâce de Baudelaire et par celle de Freud. La joie sexuelle, sublimée à travers le filtre de la culpabilité ancestrale, y est le véhicule de l'initiation comme le principe du drame. Et la méditation des deux vers de Jouve fournit aux « vivants piliers » du vers fameux de Baudelaire une clé inattendue, mais dont l'énorme évidence nous paraît soudain aveuglante. Déjà la symbolique orientale nous avait montré dans l'arbre un sombre phallus à l'immense éjaculation verte, couleur de la vie qui naît et qui va croître.

Par là, Pierre Jean Jouve, qui est né en 1887, est l'un des écrivains les plus modernes que je sache dans la littérature française de notre époque. Sans que ce soit ici le lieu de parler longuement de la poésie, du récit, du théâtre, du cinéma et de la plupart des genres artistiques d'avant-garde tels qu'ils ont crû aux États-Unis spécialement et que de là ils se sont répandus en Amérique latine et en Europe, l'on peut observer que presque tous ces genres ou ces mouvements-là se sont éloignés du vieux matérialisme à la mode du XIXe siècle pour accéder à un singulier esprit religieux, qui plus ou moins est celui qui anime les priapées fantastiques sculptées sur les temples indiens de Konarak. De façon parfois supérieure et parfois grossière (à la manière, là aussi, des cultures d'Asie), leur exaltation du sexe, mêlée d'érotisme et de mysticisme, en fait un instrument d'illumination de la vie et de transmutation de la mort du signe négatif au positif, un moyen d'exploration et de connaissance profonde de l'homme dans sa dualité de mâle et de femelle, un symbole et une force vigoureusement salutaires par la haute sublimation de l'amour qui est leur signification et leur but. Les vertus de l'étincelle qui provoque la communion du principe masculin et du principe féminin magnétisent, pourrait-on dire, cette littérature et ces arts nouveaux, qui ne perdent rien à avoir été enracinés et à s'être longuement nourris dans le matérialisme freudien, lequel les complète heureusement, selon la loi des contraires. Or l'évidence même est qu'ici Jouve a rang de premier découvreur, comme d'initiateur, et que la raison, inique mais suffisante, de sa position de grand solitaire longtemps méconnu parmi les siens, est seulement que son œuvre a devancé d'un demi-siècle environ tout ce qui s'écrit de plus actuel aujourd'hui.

Les trois grands romans de Jouve, *Paulina*, *Le Monde désert*, *Aventure de Catherine Crachat*, et les plus brefs récits, *Histoires sanglantes* et *La Scène capitale*, s'ils avaient paru de 1950 à 1960 au lieu d'être compris, selon les dates des éditions originales, entre 1925 et 1935, quel accueil triomphal n'auraient-ils pas reçu, quelle influence n'auraient-ils pas exercée sur la littérature contemporaine, à quelle gloire n'auraient-ils pas conduit leur auteur ? Car tout ce qui passionne à présent les esprits s'y retrouve, et l'écriture dont ces magnifiques ouvrages sont bâtis est exemplaire des nouveaux styles de narration que tentent, avec plus ou moins de succès, de mettre au point ceux qui se consacrent à la difficile entreprise de raconter une histoire avec originalité. « Romans, récits de poète », a-t-on prononcé à l'époque et prononcera-t-on sans doute encore dans un pays où le titre de poète est péjoratif et empêche que l'on prenne au sérieux le labeur de l'homme auquel on l'applique... Pourtant je me plais à dire que ces romans-là sont le meilleur de ce qui s'est écrit dans le genre narratif, en France, dans la période d'avant-guerre, avec ceux de Malraux et de Jouhandeau à ses débuts, dont ils se distinguent particulièrement à cause du rôle primordial et souverain donné à l'amour considéré sous l'aspect objectif du sexe, je l'ai déjà dit et je ne me plais pas moins à le répéter... Sexe humain, trop humain, surhumain et qui met l'homme et la femme en gloire sans pour cela cesser d'être dévastateur, les poèmes de *Sueur de sang*, immédiatement après l'œuvre narrative, lui ont fait une apologie et une illustration qui sont incomparables dans toutes les littératures auxquelles j'aie eu accès. L'église de Pierre Jean Jouve est fondée à défier le temps, puisque son soutien, qui est l'élément radical de l'homme, ne saurait être ruiné que par la disparition de l'espèce. Vers cette église-là, je voudrais contribuer, autant qu'il me sera permis, à diriger les fidèles !

1972.

Les Douze *sur la table du libraire*

Qu'un premier livre, si mince fût-il, soit une chose parfaite, n'est-ce pas le vœu de tout jeune homme qui se songe écrivain déjà, et ce très haut but, qui toujours aussi comporte un inébranlable mépris pour la moindre chance ou l'idée même de « succès », combien sont-ils qui pourraient se flatter de l'avoir atteint comme nous savons que l'atteignit, en 1926, notre beau héros Francis Ponge ? Publié aux Éditions de la N.R.F., dans la collection « Une œuvre, un portrait », plaisante pour sa typographie d'une grâce un peu rétro aujourd'hui, mais ouverte à trop de fausse avant-garde dont la majeure partie s'est fanée vite, *Douze Petits Écrits* s'est détaché du bouquet et s'est imposé par la suite, comme ont fait, entre autres, la *Correspondance avec Jacques Rivière* d'Antonin Artaud et surtout *Qui je fus* d'Henri Michaux. Bien après « Une œuvre, un portrait », ces trois écrivains capitaux allaient se retrouver chez le même éditeur (entre-temps devenu Gallimard), dans la collection « Métamorphoses », dirigée par Jean Paulhan suivant un choix incomparablement plus strict et plus éclairé. Il est difficile de ne pas remarquer que l'ouvrage de Francis Ponge, cette fois, *Le Parti pris des choses*, paru en 1942, connut une célébrité immédiate, rendit Ponge célèbre sur-le-champ ; il n'est pas moins difficile d'admettre que pendant les seize ans qui séparent cette publication de celle de *Douze Petits Écrits*, nulle œuvre de Francis Ponge n'ait été éditée. Et si à la question posée par ce silence long notre esprit ne nous fournit de réponse que la suggestion d'un nom souverain entre tous, Mallarmé, nous lui en rendrons grâces, car nous voilà sur la juste voie. Qu'il me soit permis de citer ici dans sa brève totalité la deuxième page de *Douze Petits Écrits*, celle-ci :

II

> Forcé souvent de fuir par la parole, que j'aie pu seulement quelquefois retourné d'un coup de style le défigurer un peu ce beau langage, pour bref qu'il renomme Ponge selon Paulhan.

Sans qu'il y eût là aucun souci d'imitation, éblouis par l'intelligence et la qualité et la conduite de ce langage même qui est à la fois le sujet et le moteur des quelques lignes, nombreux avons-nous été à nous dire avec joie que Stéphane Mallarmé n'aurait pas dirigé mieux le verbe ni son écriture. Écriture qui est éclairée d'un rayon blême par le jeu des trois mots « coup de style », qui confond le vocabulaire et son usage frappant avec le procédé qui servait aux anciens Latins à donner une durée temporelle à l'expression de leur pensée par les moyens d'une tablette molle et de l'outil nommé « style », sorte de poinçon auquel les deux mots « coup de » confèrent comme une puissance offensive en le rattachant à l'italien et plus tardif « stylet ». Pareil éclairage, suivant le sentiment plutôt que la raison, n'est-il pas moins solaire que lunaire ? Il se pourrait. Mais plus sagement, dans l'émouvant dernier membre de la phrase ultime, « renomme Ponge selon Paulhan », je crois lire à la fois de la gratitude pour la renommée offerte à Francis par le soutien de Jean, beaucoup d'amitié entre l'un et l'autre, un certain ressentiment du premier à l'égard de mainte petite cruauté du second que la correspondance aujourd'hui dévoile... Devant la beauté du très court texte, cependant, la réaction de tout écrivain véritable (encore une discutable expression à laquelle Paulhan et Ponge ont donné la valeur qu'elle a prise pour nous !) est de saluer avec émotion la merveille, vivifiante encore, on l'espère, pour le merveilleux langage latin de France qui nous a été transmis et dont les *Douze Petits Écrits* sont exemplaires.

Deux courts textes, trois poésies, quatre satires, trois apologues, il n'est rien, dans cette littérature de poche, qui ne soit admirable et de la qualité de la plus rare et pure gemme. Mais le menu jeu du commentaire ou de l'interprétation, auquel sur le second texte j'ai essayé de me livrer, est aussi vain qu'une recherche critique, je le sais, et mon désir est plus simplement de rendre un hommage respectueux et passionné à l'objet qui est point de départ d'une œuvre tout à fait supérieure, cette aimable plaquette que j'achetai à la librairie d'Adrienne Monnier, rue de l'Odéon, en 1929 ou 1930, à l'époque où j'achetai aussi *Ulysses* en face, chez Sylvia Beach, à l'enseigne de Shakespeare and Company. Un livre très court et un livre très long qui ont marqué le temps où il me semble que les portes de mon adolescence se sont ouvertes sur mon âge d'homme.

René de Solier

René de Solier, c'est à la fin de 1945 ou au début de 1946 que j'ai rencontré cet homme, âgé d'un peu plus de trente ans alors et avec lequel j'allais nouer une longue et cordiale amitié. Curieusement (car il s'agit, dans l'un et l'autre cas, de plaquettes à tirage très restreint, qui n'ont guère été vendues), j'avais trouvé à Nice son premier ouvrage imprimé, *La Larderie*, et il avait lu le mien, *Dans les années sordides*, publié par moi-même à Monaco en 1943 ; curieusement aussi, sans du tout nous connaître, nous nous étions sentis parents par l'écriture et par une certaine volonté d'écriture luxueuse qui allait à contre-courant de ce que l'on estimait à l'époque. Car il n'était pas bien vu, dans ces années-là, de penser que, tout de même qu'un peintre s'efforce à l'originalité par le moyen de la peinture, un écrivain est avant tout quelqu'un qui par le moyen du langage cherche à se donner une écriture originale, capable d'illustrer plus encore que d'exprimer sa pensée. Pareille considération de l'écriture comme but plutôt que comme instrument, qui paraît simple à la plupart de nous aujourd'hui, semblait suspecte alors, quasiment condamnable. La loi des après-guerres est la tyrannie des victorieux, qui est celle du nombre et de la médiocrité. On aurait voulu les écrivains mis au pas et l'écriture outil de journalisme et non pas de littérature. Ce dernier mot, qui est irritant, je le sais et m'en réjouis, s'applique à René de Solier particulièrement. En effet, n'y a-t-il pas une sorte de démission, sinon même de trahison, dans l'attitude « antilittéraire » qu'ont adoptée depuis un demi-siècle, sous prétexte d'esprit de révolte, la plupart des bons écrivains ? René de Solier, qui fut un très bon écrivain, n'était pas de ceux-là. Et je sais que pas plus que moi il n'a cru à la mort prochaine de la littérature, sur la santé de laquelle il ne se faisait aucune inquiétude. Dans cette confiance un peu paysanne qu'il avait en le beau métier qui était le sien, je crois que pour une assez large part il suivait l'exemple donné par les artistes, car Solier, pendant toute sa vie, a connu, admiré, aimé, des peintres et des sculpteurs qui ne cachaient pas de chercher à peindre et à sculpter le mieux possible, et il n'ignorait pas que les tenants de l'antipeinture et de l'antisculpture, nombreux à notre époque, sont de médiocres artistes plutôt que des négateurs héroïques. « Puisqu'il était poète, il aimait bien peindre », a dit de Courbet Giorgio De Chirico ; phrase d'une simplicité merveilleuse, qui s'applique également à l'homme dont je parle. Oui, parce que Solier était poète, il aimait bien écrire. Avec une simplicité pareille devrait se présenter à nous tous le problème de la littérature, qui à beaucoup de gens semble donner beaucoup d'embarras.

A-t-on remarqué que de tous les artistes qui ont été les compagnons de sa vie et les sujets de ses travaux critiques, René de Solier a mieux compris et mieux aimé les sculpteurs ? Je ferai une autre remarque, moins évidente, qui est que l'écriture de Solier se présente au lecteur comme une écriture sculptée. L'on a reproché, souvent, à des écrivains, de trop ciseler leur écriture, reproche fondé rarement et prononcé par une majorité de cuistres. Avec Solier, ce n'est pas d'un travail de ciseleur qu'il s'agit, mais d'une sorte de relief de l'écriture qui donne une troisième dimension à l'écrit, de creux et de bosses, de vallées et de pics en même temps que d'aspérités voulues qui accrochent l'œil du lecteur et retiennent son attention en posant une énigme. Tous les poèmes en prose de *Contre terre* (livre scandaleusement méconnu et qui, l'aurait-on lu, éclipserait bien des volumes de « grands poètes » de notre époque) éclairent et confirment ma proposition. A titre exemplaire, je citerai le second de l'ouvrage, comme je pourrais en citer n'importe lequel :

> *Gorgée de chaleur, mauve dans ses creux, l'herbe se boule, file (du ventre aux racines) quelques cocons précoces.*
>
> *Sous la déchirure des pattes, lorsque le vent flagelle, ils abandonneront la livrée d'une mue, le sommeil d'un peuple de couleuvres.*

Presque abstraites, ces premières proses, réunies sous les titres collectifs de « A hauteur des chaumes », « L'humus imprégné », « Derrière l'empreinte » font apparaître le relief et les structures du langage peut-être mieux que celles des séries suivantes, où la richesse de l'imagination met quelque voile, parfois illustré fantastiquement, devant la rigueur de la forme. Pour mon plaisir et parce que tout cela, je le redis, est impardonnablement ignoré, je choisirai dans les secondes un texte court, « A l'ennui », qui ouvre la série intitulée « Lieu-dit », dédiée à Francis Ponge.

> *La conscience des quatre, l'impossible union du plusieurs, la traîtrise des murs qui se resserrent dès que l'on est seul — éveillent quatre fendeurs en long, pendus comme des flocons à la corniche.*
>
> *Deux à deux, ils s'accolent, attaquent un fronton en guise de bûche, rentrent dans le plafond entamé par l'écaille, et se laissent écraser.*

C'est leur délice d'être pris ainsi, en sandwich. Mais le plafond s'abat, plié en trois.

Voilà, me semble-t-il, une assez mystérieuse algèbre verbale, où les mots jouent des rôles absurdes et sévères comme ils ne font que sur le théâtre du rêve. Les sens qu'ils prennent ou que le poète leur distribue fonctionnent comme des rouages huilés, avec une précision inquiétante, dans une machination apparemment simple et cependant absurde ou déconcertante à l'égard du lecteur, qui devrait, s'il est attentif, se trouver jeté dans un monde étranger à celui qui lui est habituel, dans un espace hors de l'ordinaire. *Contre terre* n'est pas un ouvrage de début, puisque Solier avait publié auparavant *La Larderie*, dont j'ai parlé, *Naturelles*, recueil de poèmes en prose de même sorte, tiré à peu d'exemplaires, illustré de gravures de Wols, et un petit roman qui m'est cher : *La Corde à puits*. Mais l'importance de *Contre terre* est grande car on peut affirmer que c'est à partir de l'édition de ce livre, l'un des plus chargés de substance autant que des plus matériellement lourds de la belle collection « Métamorphoses » que René de Solier est devenu un grand écrivain et que l'on peut sourire ou s'indigner de l'aveuglement de la plupart des critiques à son égard. En 1949, année où parut *Contre terre*, les critiques, à la vérité, songeaient peu à la forme. Des recherches telles que celles de Solier, qui hache la phrase, la cisaille ou la taillade là où d'autres n'ont tenté que de la briser ou de la faire éclater, qui invente des mots sans galvauder ses inventions, qui passe de la nudité rude du graffiti à la complication, voire au travestissement, du maniérisme, étaient taxées alors de préciosité. Et le « précieux », qui a pris, aujourd'hui, sa bonne signification, qui est laudative, n'était considéré alors que dans un sens péjoratif. L'écriture de René de Solier est admirablement précieuse, ce qui est une des raisons, non pas la seule, pourquoi j'aimais tellement ce grand écrivain qui vient de nous quitter. Mais il faut aussitôt parler de ses qualités d'invention, qui sont au moins aussi riches que ses qualités formelles. Sous ce rapport-là, celui de l'imagination créatrice, la lecture de *Contre terre* est assez probante pour que nous ayons été plusieurs, dès 1949, à ne pas douter que le poète Solier serait bientôt un conteur ou un romancier capable de nous entraîner à sa suite dans un monde plus fantastique que ceux de la plupart des narrateurs de son âge. Trois très grands livres allaient confirmer bientôt notre opinion, justifier notre attente. Ceux-là sont deux romans, *La Meffraie*, publié en 1951, *Les Gardes*, publié en 1952, et un superbe et singulier récit érotique publié en 1969 sous le pseudonyme de Phyllis Louvres : *Les Trigynes*. Je me hâte de dire qu'ils ne furent pas lus et compris beaucoup mieux que les premières œuvres. Seul, à propos de ses romans, Alain Robbe-Grillet sut parler de René de Solier avec une intelligence passionnée. Il n'est pas trop tard pour que nous lui disions merci du bonheur qu'avait donné à notre ami son petit essai critique.

J'essayerai peut-être, une autre fois, de prendre en observation les trois grands livres que j'ai dits et qui mériteraient une étude critique plus minutieuse et plus soutenue que je n'ai loisir de faire ici. Ensemble ils font, à mon avis, la partie capitale de l'œuvre de l'écrivain que nous voudrions célébrer. Une triple merveille, l'expression n'est exagérée nullement. L'on finira bien par le reconnaître un jour.

La considération qu'avait récemment gagnée René Solier allait au critique d'art beaucoup plus qu'au poète ou au narrateur. Sur ce point, j'ose à peine donner mon avis, qui est que le manque de consentement trouvé par lui auprès de la critique littéraire est responsable du détournement de ce magnifique écrivain vers la critique artistique. En des temps lointains déjà, peu différemment, j'avais osé lui dire qu'il me semblait que c'était, pour un homme comme lui, presque perdre son temps que de tant écrire sur l'œuvre des autres, peintres ou sculpteurs, au lieu de se consacrer uniquement à son œuvre originale. Cette œuvre originale, finalement, il a su la créer et il la laisse, malgré tous les drames d'une vie qui ne cessa pas d'être persécutée par un destin si noir qu'il nous effrayait. Mais René de Solier était doué d'une énergie aussi peu ordinaire que sa destinée. Le contenu spirituel et culturel de sa grosse tête était absolument hors du commun. Et je me repens, aujourd'hui, de l'avoir peut-être peiné par mon imprudent propos, puisque son œuvre critique est entrée dans son œuvre originale et l'illustre.

En outre, sachons bien que Solier retirait de la connaissance des arts et de la fréquentation des artistes les meilleures satisfactions de son existence. Dans ce domaine il était chez lui, assez souverainement, et il évoluait entre les ateliers et les salles d'exposition avec autant de compétence, de bonhomie et d'autorité que d'amitié fidèle. Tant de fois mise à l'épreuve, sa capacité de résistance nous paraissait inébranlable. La brusquerie avec laquelle vient de lui être retirée la vie nous émeut d'autant plus qu'il avait trouvé enfin ce qu'il avait cherché toujours, son peintre idéal, et qu'il avait consacré à celui-là, en 1971, son dernier livre important. Ljuba, grand enchanteur des temps modernes, nous a été montré par René de Solier, je me plais à le reconnaître. Sous la magnificence de son illumination, je ne cesse pas d'être confronté au vaste miroir où s'exaltèrent la pensée et le rêve perpétuel du poète qui fut notre ami. C'est là qu'il demeure, me suis-je dit, hier encore, devant l'une des fantasmagories immenses de l'artiste. C'est comme s'il ne nous avait pas quittés.

1975.

*Gérard Macé**

C'est à partir de Cyrano de Bergerac, et particulièrement des *Lettres* qui composent les *Œuvres diverses*, que le poème en prose occupe un rang très élevé dans la littérature française. Au XIXe siècle, comme sait chacun qui de la chose poétique est un peu informé, le genre en question s'est trouvé projeté par un jeune chantre inouï, Rimbaud, bien au-dessus des sept ou des neuf cieux au-delà desquels ne se hasardent plus les croyances des hommes, et dans un pur espace où il ne risquait de rencontrer que des météores on le vit fuser, s'épanouir. Si haut, si splendidement, que par les outils de la langue française au moins un nombre croissant de bons ouvriers du verbe mirent en ce genre-là leur espérance de franchir plus de limites, d'atteindre à plus d'inconnu ou d'obtenir une cristallisation plus sublime et plus rayonnante. A tel point que l'on eût pu croire qu'il allait effacer le poème en vers, réguliers ou irréguliers. Écrivant ces deux épithètes, je sais que je lève un lièvre qui m'entraînerait trop loin, si j'avais l'imprudence de le suivre. Car il me semble que si le poème en vers réguliers a presque disparu de notre langue, c'est en raison d'un certain défraîchissement ou d'une certaine défloraison qu'il a subie dans

* Préface au *Jardin des langues* (Gallimard, 1974).

son affrontement avec le poème en prose. Il me semble aussi que le poème en vers irréguliers, qui a la faveur de tous ou quasiment aujourd'hui, dérive du poème en prose tellement qu'il peut être considéré par rapport à lui comme une sorte de variante plus légère et plus facile, aérée par la grâce de la typographie qui lui laisse une nudité noire sous le ressac régulier des vagues de blancheur. Trouvera-t-on que j'exagère si je dis que, personnellement, selon l'optique de mon œil et l'acoustique de mon oreille, le vers français se limite à douze pieds ? Peut-être ; mais je ne puis sentir autrement. Les vers longs de la plupart des poètes contemporains, comme les longs versets, commandés par le rythme respiratoire, de Claudel ou de Perse, sont inscrits à mon jugement dans le domaine de la prose. Ce qui, bien entendu, ne diminue en rien leur contenu ou leur densité poétiques, qui peuvent atteindre au plus altier sublime, comme y atteignent celui ou celle des *Chants de Maldoror*, dont nul ne fera qu'ils ne soient pas écrits en prose. Simplement, je souhaiterais que l'on distingue entre l'esprit, ou l'inspiration, ou l'imagination, ou la tension poétiques, dont la prose est un véhicule admirable, et la forme catégorique de la poésie, qui tient à la connaissance et à l'usage de la métrique dans le vers libre autant que dans le vers régulier. Guillevic, pour ne citer qu'un nom dans l'actualité, use du vers libre avec une justesse et une aisance qui m'émerveillent. Ainsi firent plusieurs Italiens des anciens temps, ainsi faisait, notamment, Leopardi, dont les variations lapidaires, exemple souverain de lyrisme prosaïque, semblent avoir suscité plus d'un écho chez les modernes de notre pays. Le lièvre se joue de moi ; qu'il aille courir où il veut ; de lui je me désintéresse...

Cependant, avant de perdre des yeux, pour en venir à Gérard Macé, l'animal voué à la lune, je remarquerai que depuis trois bons siècles les poètes français font disparaître celui-là dans la luzerne, ou l'en tirent au besoin. Que telle légumineuse fourragère soit vraiment la nourriture favorite du lièvre, je n'en jurerais pas; non; mais le mot « luzerne » est ensorcelé, électrisé; celui de « lièvre » (carrefour de mythes essentiels) ne l'est pas moins; les premiers poètes dans le langage desquels ces deux mots trouvèrent un harmonieux lit avaient donc mérité le titre de mages. A la longue, pourtant, la magie des associations de mots s'use, et Gérard Macé, puisque c'est de lui qu'il est question, mettra dans la luzerne n'importe quoi sauf des lièvres, mettra les lièvres n'importe où sauf dans la luzerne. Tout comme Péret, par exemple, à qui souvent je pense quand je lis Gérard Macé. Péret qui fut l'un des plus inspirés magiciens du poème en prose, quoique en apparence et de préférence il écrivît en versets.

Ce mot d'« inspiré », encore, que je n'ai pas voulu censurer, que de facilités et de difficultés il transporte ! Dès qu'on parle de poésie, le voilà qui s'introduit et qui trône, sans avoir été nullement requis... En même temps, il se rend indispensable et, dès qu'il s'agit de poésie moderne, il pousse devant lui une sorte de meuble aussi invitant que gênant, qui est l'écriture automatique. Or le poème en prose a la vertu de mettre en lumière le rôle de celle-là avec une évidence qui, depuis Rimbaud, depuis Lautréamont, ne souffre pas la discussion. Péret lui donne voie libre, champ libre, des premiers mots aux derniers, sans contrôle que l'on puisse soupçonner. Macé, qui perd rarement de vue Rimbaud et, dans un fond plus lointain, Nerval, met l'écriture automatique en marche comme on ferait en tournant une clé, la conduit comme on conduit un moteur, coupe le contact et se laisse courir un peu sur une ligne de points (de suspension), sans refermer la parenthèse ouverte. Singulier métier, qui lui appartient en propre et dans lequel il met déjà quelque virtuosité, qui ajoute à sa limpidité (héritée de

Rimbaud) un je-ne-sais-quoi de baroque, où il se retrouve en famille avec un poète auquel il a consacré le meilleur de son œuvre critique, le « magnifique » Saint-Pol-Roux. Mais le poème en prose peut-il n'être pas du tout baroque ? Imprudente, très imprudente question, que je ne me pose qu'en sachant que je n'y répondrai pas. A tel point les questions valent pour et en elles-mêmes, à tel point les réponses sont trompeuses et au moins superflues, opinion que ne contrediront certes pas les poèmes en prose de Gérard Macé, qui mettent une sorte de point d'honneur à rester toujours en deçà de toute conclusion.

Et, simplement, je dirai que je trouve originaux et beaux les poèmes de Gérard Macé, qui est un solitaire et qui vit à l'obscur dans un espace littéraire où de petits groupes voudraient faire la loi en distribuant la haine et le mépris sur ce qui leur est étranger. La poésie n'est pas ce qui change le moins vite ou le moins fort dans ce monde où tout est en train de changer. La confiance que je mets en les poèmes neufs de Macé m'aide à donner confiance à l'époque où je suis, aux hommes qui m'environnent, au tournant que prend leur façon de penser et de s'exprimer. Ce n'est pas modifier beaucoup le propos fameux de Hölderlin que d'écrire des fruits de la poésie qu'ils sont les témoins les plus fiables de leur temps.

1974.

4

Matisse *d'Aragon*

A propos de Jean Paulhan, j'écrivais naguère combien je trouvais curieux les rapports affectifs que nous voyons se nouer entre des peintres et des écrivains ; j'évoquais Baudelaire avec les comédiennes ; je constatais qu'ainsi qu'il y a des hommes à femmes (non pas les froids don Juan), il y a des écrivains à peintres. Certes, il est de mauvais genre de se citer soi-même mais il ne faut pas faire fi de ce genre-là quand l'occasion l'impose, tout de même qu'il ne faut pas avoir peur de nous répéter quand elle nous le demande. L'occasion, ici, est éclatante, autoritaire, monumentale. Elle se confond avec les deux gros tomes du superbe ouvrage que vient de publier Aragon, ouvrage auquel il a donné le titre d'*Henri Matisse, roman*.

Ce titre, sur lequel les gens s'interrogent avec une amusante inquiétude quand dans la vitrine d'un libraire leurs yeux le rencontrent, je ne lui trouve rien de problématique. Il se rapproche, à mon sentiment, de celui du *Roman d'Alexandre*, et je pense qu'Aragon a voulu signifier par là que Matisse était pour lui un « héros », le héros le plus admirable d'une certaine époque et d'un certain pays autant que le héros particulier de l'auteur du livre. Et si, ce dont je ne suis pas sûr, Aragon avait voulu dire encore que les héros les plus illuminés et les plus illuminateurs des temps modernes sont les peintres, je souscrirais d'enthousiasme à pareille opinion, que la date du jour où sont tracées mes lignes, le 25 octobre 1971, rend joyeuse comme une déclaration d'amour. N'oublions pas non plus qu'Aragon est poète, romancier, essayiste (selon l'ordre hiérarchique). Chacun sait à quoi correspond le titre de *Le Roman inachevé*.

Depuis combien de temps Matisse était-il objet de la dilection d'Aragon ? En 1919, l'écrivain, nous dit-il, avait inventé de décrire une femme appelée Matisse, comme d'un prénom, pour condenser en elle une sorte d'image du moderne de ce temps-là, des goûts et des bizarreries propres à sa génération. Maquillée comme une Fanfarlo de la fin de la Première Guerre mondiale, cette Matisse est l'héroïne de *Madame à sa tour monte*, nouvelle dédiée à André Breton et imprimée au début du *Libertinage*. Quant au héros véritable d'*Henri Matisse, roman*, le peintre, Aragon à plusieurs reprises avait eu le projet de le rencontrer, projet qui pour une raison ou une autre n'avait jamais abouti. Finalement, ce fut à Cimiez, au-dessus de Nice, en 1941, que les yeux d'Aragon se posèrent sur la personne de Matisse et que la main de l'un serra celle de l'autre. Je crois n'avoir pas tort de parler de cette rencontre comme d'une première entrevue amoureuse, car elle fut le point de départ d'une espèce de passion réciproque dont le merveilleux livre (*roman*, en vérité, c'est exactement ce dont il s'agit), ouvert devant moi maintenant, retrace fidèlement les progrès en des chapitres écrits aux moments mêmes des visites, comme des pages de journal. Ainsi le temps, élément essentiel, comme on sait, de tout récit, est vivant sans artifice dans la longue narration critique d'Aragon. Veut-on se souvenir, en outre, de tout ce qui dans l'histoire avait rempli de ténèbres le mois de décembre du triste an 1941 ? Alors l'on saisira, j'espère, le sens profond pour Aragon de la rencontre avec Matisse et de ses développements ultérieurs, fleur de feu comme par miracle épanouie dans l'obscurité, rayonnement clair qui peu à peu dissipera la nuit. L'on ne s'étonnera pas de ce rôle de phare en même temps que de planche de salut pris par le peintre, au fil des mois et des années, devant le regard ébloui de l'écrivain qui l'admire et qui l'aime.

Ici je cède au plaisir de rappeler la seule entrevue que j'eus, moi-même, avec Matisse, quand je fus admis chez lui à Vence en 1945. En guise d'offrande (comme il sied de déposer aux pieds des très grands seigneurs de ce monde à la première audience qu'ils vous donnent), je lui avais porté un objet d'art brut, une longue canne entièrement sculptée d'animaux fabuleux par un berger piémontais et que j'avais découverte chez un brocanteur de La Condamine. Avec beaucoup d'admiration et de timidité je regardais le peintre; lui regardait avec un certain bonheur, pensé-je, les belles courbes écailleuses des reptiles féminins taillés dans le bois. « Mélusine » le nom féerique surgit du silence, peut-être; puis l'on servit un rafraîchissement, et pendant une partie de l'après-midi je restai comme aux aguets, charmé, en vérité, par ce vieil homme en qui je ne cessai d'apercevoir plus d'intelligence encore et plus de sensualité. Aragon me permettra-t-il d'écrire que selon ma façon de voir, la France est un pays bien plus riche en écrivains qu'en peintres? Je l'espère, car j'ai besoin de cette petite remarque pour montrer combien Matisse est un phénomène unique et bouleversant dans l'art français moderne. Plus sensuel peut-être (plus érotique en tout cas) que Renoir, il me paraît plus intelligent que tous ses contemporains dans la profession, Kandinsky mis à part. Et sur ce double plan des sens et de l'intelligence ne voilà-t-il pas une curieuse parenté entre l'auteur et le sujet du livre dont je parle, avec une joie que je ne songe pas à dissimuler? Les artistes qui ne sont que des hommes à main sont nombreux. Les artistes de tête, plus rares, ont souvent les doigts un peu trop fins. Il faut donc, sans plus de réserve que n'en met Aragon dans son roman, saluer comme un prodige l'alliance d'une aussi juste main et d'une tête aussi forte et aussi riche que celles de notre héros. Que Baudelaire à propos de lui puisse et doive être cité souvent, c'est l'évidence même, et Aragon, selon son penchant et en bonne logique, ne s'en prive pas. Je crois ne pas exagérer en ajoutant qu'il me semble que Matisse est encore plus « moderne » en cette première moitié du XXe siècle que n'était Delacroix en la même partie du XIXe.

En marge de l'histoire, les années s'écoulant, ce sont de véritables péripéties que les chapitres longs ou courts (dont un bon nombre d'inédits) proposent au lecteur, qui regarde aussi passer les reproductions de tableaux, et l'on s'émeut de quelques-uns comme on s'amuse à certains autres (celui, par exemple, où Aragon règle savoureusement un vieux compte avec M.A.H. Barr junior, à propos de la chapelle décorée par Matisse à Vence pour une communauté de l'ordre de celui que Stendhal nommait l'affreux saint Dominique). Je n'en puis faire le détail, mais je voudrais souligner l'acuité de l'interprétation poétique de l'art de Matisse par Aragon, celle-là même qui dut séduire tant le peintre dès son premier entretien avec l'écrivain, et la lucidité des rapprochements critiques, spécialement dans le beau « Matisse-en-France », que nous retrouvons au début du tome I. Ainsi je me suis enchanté de cette notation, si frappante en sa brièveté : « Rien n'est plus Matisse que Cros. » Bien sûr ! Les lecteurs qui partageront là mon enchantement, tous ceux qui du premier regard auront reconnu l'« amie éclatante et brune » pour la gloire de laquelle Aragon a tant fait déjà, sont mes frères ! Les analogies qu'il y a si singulièrement entre la poésie de Mallarmé et la peinture de Matisse sont éclairées et discutées avec une rigueur à laquelle on ne peut que tirer son chapeau. Pareillement, Aragon nous dit : « Que Baudelaire aurait adoré Matisse... cela crève les yeux. »

Alors ce qui nous vient à l'esprit est que Matisse, somme toute, a eu de la chance d'avoir été distingué ainsi et ainsi aimé par un poète aussi doué d'amour que l'est Aragon.

1971.

Savoir-vivre *

D'une bière qui serait bue « partout où l'on sait vivre », j'ai lu la publicité vulgaire, sur plusieurs affiches, ce matin (le 29 octobre 1970), dans le métro... Pareilles affiches, bien entendu, ne m'ont inspiré que dégoût pour la boisson proposée, dont j'ai déjà oublié la marque. La merveille, cependant, pour laquelle je leur dois peut-être quelque reconnaissance, est qu'elles m'ont fait penser à Unica Zürn et à son beau livre, *L'Homme-Jasmin*, qui m'a été donné à lire en manuscrit. Le monde (ce terme prétentieux désignant, comme on sait, plutôt le genre humain) est donc fait, me suis-je dit, de gens qui savent vivre et qui ne vivent que pour aller d'un utérus à un tombeau sous la garde de la publicité, et puis d'autres qui ne savent pas vivre et qui sont les révolutionnaires, la plupart des poètes, beaucoup d'artistes et tous ceux que l'on catalogue ou que l'on fiche sous l'étiquette trop commode de « malades mentaux ». Assurément, les lecteurs de *L'Homme-Jasmin* seront d'une espèce que je ne risque pas d'étonner si j'écris que Gérard Labrunie, dit Gérard de Nerval, reste pour nous le type le plus admirable de l'homme qui ne sut pas vivre. Quant au type de l'homme qui sait vivre, si vous avez l'infortune de le

* Préface à *L'Homme-Jasmin* (Gallimard, 1970).

rencontrer, mettez-le, autant que possible, dans un sac avec quelques pavés (pesants), après qu'il aura consommé ses produits de bonne marque, puis engouffrez-le à des profondeurs d'où son souvenir même n'ait aucune chance de remonter !

Unica Zürn, dont la récente fin tragique m'a ému trop douloureusement pour que je puisse parler de son œuvre avec d'autant d'aisance que si elle était encore parmi nous, aura vécu quelques années de plus que Nerval, sans avoir reçu en partage plus de « savoir-vivre » qu'il n'en eut lui-même. Le livre au curieux titre qu'elle nous a laissé se prête aussi mal que possible à être jugé. J'entends que d'avance il récuse tout jugement que l'on essayerait de porter sur lui, et qu'il se moque du juge et le nargue avec autant d'esprit et de vivacité qu'en montraient les jolies sorcières devant les tribunaux de jadis. Ces tribunaux-là envoyaient-ils au feu les sorcières pour un autre motif que pour se venger de la mauvaise conscience qu'elles leur avaient donnée au rythme « endiablé » de leurs propos ? Revenant à *L'Homme-Jasmin*, si je prononce, d'un air docte, que je le trouve un peu inégal, aussitôt je dois reconnaître que c'est sans doute parce que sa langue originale ne m'est pas familière et parce que je n'ai été capable de le lire que dans la version française ici proposée, et j'ai un peu honte de m'être laissé aller à jouer, fût-ce un instant, au juge... Juger, ici, serait aussi déplacé que critiquer ; c'est aimer qu'il faut faire ; tout de même que c'est par l'amour seulement que le minimum de savoir-vivre indispensable à l'existence peut être rendu à ceux qui l'ont rejeté totalement. Ainsi je me hâte de dire que j'aime *L'Homme-Jasmin*, et je ne crains pas d'ajouter que dans ses meilleures parties, qui sont de loin les plus étendues, il accède, sans nul effort, à une sorte de sublime ou de merveilleux dramatique qui est bien au-dessus de là où rarement atteint la littérature.

Celle qui écrivit ces pages, du temps où elle respirait l'air qui remet de l'oxygène dans le sang des hommes, jouait avec la vie le jeu de l'artiste, mascarade ou compromis qui depuis des époques assez reculées aide à durer beaucoup d'esprits qui ne tiennent plus qu'à peine à leur support charnel. De façon plus précise, Unica Zürn trompait la vie en exécutant des gouaches et des dessins automatiques, qui furent l'objet de belles expositions et qui enchantèrent le regard des poètes autant que celui du peintre le plus sévère en la matière : Jean Dubuffet. Peu différemment, Unica Zürn composait dans sa langue maternelle, l'allemand, de curieux poèmes-anagrammes, les *Hexentexte* (« Écrituresorcières »), dont un recueil fut publié à Berlin en 1954, avec des dessins de l'auteur et une postface de Hans Bellmer. L'on sait (il suffit, sur ce point, de lire *Petite Anatomie de l'image*) tout ce que pour ce dernier représente l'anagramme et toutes les analogies inquiétantes qu'il se plaît à voir entre les lettres d'un mot, les mots d'une phrase et les membres ou les organes d'un corps humain, aussi aptes les uns que les autres à être démontés, puis remontés sous une forme nouvelle. Dans le cas d'Unica Zürn, l'influence de Bellmer, son grand ami et son compagnon pendant plus de quinze ans, fut en pareil domaine peut-être initiatrice et probablement prépondérante. Ainsi l'on ne s'étonnera pas de la considérable place qui est donnée aux anagrammes dans *L'Homme-Jasmin*, mais l'on pourra constater qu'Unica, sur cette voie, s'est avancée ou hasardée plus loin que Bellmer, à cause d'un goût pour la cabale qui l'éloignait du matérialisme de son compagnon et qui chez elle était très fort, comme en témoigne son livre dès les premières pages. Unica Zürn eut la passion de déchiffrer des signes. Plus ou moins cabalistique, d'ailleurs, l'interprétation perpétuelle et presque forcenée de quantité d'objets ou de faits petits ou grands observés sur leur chemin est commune à la plupart de ceux qui ont perdu le savoir-vivre et qui ont acquis ou gardé la capacité d'écrire ou de raconter. *Aurélia* en reste l'exemple le plus pur et le plus prodigieux, mais *En bas* de Leonora Carrington, *Le Testament de la fille morte*, signé du pseudonyme de René, et même le *Journal d'une schizophrène*, présenté par Marguerite Sechehaye, illustrent ce point de vue avec évidence. Les propos de Nadja, recueillis par André Breton, le confirment également. Chaque fois, nous avons l'impression de nous trouver devant un malheureux égaré, qui serait aussi le plus heureux des inspirés, et qui cherche dans une sorte de miroir (magique?) une image de son passé qui pourrait être un masque de son futur. Ajoutons que tel contraste d'égarement et d'inspiration se libère dans le monde de la poésie avec une splendeur tragique que je ne saurais évoquer qu'en la rapprochant de celle de l'aurore boréale, dont la pourpre glacée est comme la lueur de la raison qui éclate.

Dans les écrits que j'ai cités, dans la plupart de ceux de même espèce, l'auteur (le sujet) parle de lui à la première personne. Il est assez remarquable que dans presque tout *L'Homme-Jasmin* (à la seule exception de ses chapitres les moins inspirés), Unica Zürn parle d'elle et se décrive à la troisième personne, comme si elle se contemplait. Pareille façon de faire, qui n'est nullement un procédé, soulignerait, s'il en était besoin, la parenté signalée déjà du récit avec un miroir et l'aspect de mirage présenté là par la confession. En outre, il nous semble qu'à travers l'écriture la narratrice ne cesse pas de poursuivre son double et de l'interroger sur ce que l'existence encore lui réserve, à elle, dans l'univers que le miroir reflète mais qu'il ne contient point. Dédoublement auquel le lecteur n'assiste pas sans angoisse, s'il connaît les interprétations ésotériques du phénomène et s'il est au courant du dénouement terrible de l'histoire d'Unica Zürn.

Tromper la vie est un jeu bien plus aventureux que tous

les jeux de trompe-la-mort. Y a-t-il quelque raison, indépendante de la fonction sexuelle, pour qu'en ces extrémités nous chérissions les joueuses de préférence aux joueurs ? Je ne sais. Mais un geste pareil à celui d'Unica Zürn, qui jeta son passeport, à un certain moment de son existence, dans une boîte aux lettres, ne prend pour moi toute sa valeur, je l'avoue, et ne m'enchante ou ne me bouleverse absolument, que s'il est exécuté par une main de femme. *L'Homme-Jasmin* offre avec surabondance des traits et des gestes de ce genre-là, que je ne citerai pas, car il suffit d'une référence. Le double d'Unica Zürn, dans le tain du miroir où elle se remémore, nous emmène plus loin, plus bas, plus haut, que ne fit aucune héroïne de roman.

Ce que je voudrais dire enfin est que la lecture de *L'Homme-Jasmin* a confirmé un tenace optimisme avec lequel je veux regarder le monde moderne car le livre d'Unica Zürn combat heureusement le mythe des psychiatres idiots et brutaux qui, selon certains commentateurs, dont le plus éclatant, comme on sait, à propos de Nadja, fut André Breton, seraient la grande majorité sinon la totalité de leur corps professionnel. A l'inverse de cette condamnation, trop aisément proférée par les gens qui n'ont aucune inquiétude à l'égard de leur savoir-vivre, Unica Zürn n'est pas avare en gratitude à l'endroit des médecins qui l'ont soignée, parmi lesquels elle semble avoir rencontré plusieurs de ses amis les plus chaleureux. De toutes les branches de la médecine, la psychiatrie est sans doute la plus ardue en même temps que la plus captivante ; elle est la seule dont nous puissions attendre des éclaircissements de tout ce qu'il y a d'obscur ou de nuageux sous notre calotte crânienne, même si de savoir-vivre nous avons apparemment assez pour échapper à la cellule capitonnée et à la camisole de force... Par l'amour, point autrement, la science psychiatrique est en train de devenir une puissance de lumière et une force de salut.

Le trésor cruel de Hans Bellmer

La personne d'Hans Bellmer et son œuvre sont entrées dans ma vie d'une façon assez singulière pour qu'il ne soit pas sans intérêt, peut-être, d'essayer de m'en souvenir et de le raconter. Ce fut, je crois, au début de l'automne et dans les premiers jours d'octobre de l'an 1938, dans l'une de ces belles soirées qui sont fréquentes à Paris en telle saison et qui ont une douceur un peu pathétique qui pour moi est inséparable du début de certains récits de Balzac. Nous étions quelques amis et nous avions dîné avec Paul Eluard, qui était venu avec un Allemand d'une trentaine d'années, qu'il nous avait dit admirer beaucoup et qui était Hans Bellmer. Vêtu, je me le rappelle, d'un complet si clair que dans l'ombre qui tombait il semblait habillé de blanc, l'homme avait une fine et noble tête aux traits un peu marqués de quelque chose d'asiatique, comme il se voit chez autant de Prussiens que de Polonais. Discours plutôt que conversation, ce qu'il disait à propos de son objet ou de son sujet favori, sa plus valable raison d'exister, semblait-il, la poupée, ne me fascinait pas moins que les absences ou que les silences dans lesquels il s'enfermait si quelqu'un d'autre prenait la parole et détournait la conversation. J'ai toujours été curieux de savoir ce qu'il y a derrière (ou sous) les masques, et le sien, à cause de son charme inquiétant, m'intriguait. Alors, pour voir un peu ce qu'il serait devenu, le soir aidant, parmi des arbres, je proposai d'aller faire un petit tour au Bois dans ma voiture qui, par ce beau temps, était décapotée. Et nous partîmes. Des feuilles comme des mains desséchées et crispées tombaient, frôlant parfois nos visages, sous le couvert des chemins peu fréquentés où nous roulions. Bellmer, qui était assis à l'arrière, avait laissé depuis un moment la poupée pour nous parler de sa patrie qu'il venait de fuir, l'Allemagne, et du mal qui l'infestait, le nazisme. Tout à coup il nous dit qu'il voulait nous faire entendre comment les nazis chantaient. Il se mit debout (je ne sais vraiment pas pourquoi) et, presque interminablement, il chanta ces chants qui allaient nous devenir trop familiers deux ou trois ans plus tard. Comme la plupart des Allemands, d'ailleurs, il chantait bien. Quand enfin il se rassit et se tut, personne n'avait plus envie de parler. Nous rentrâmes en ville.

Avant de nous séparer, Bellmer me dit encore une phrase qui n'avait été amenée par rien et que je n'ai pas oubliée. Celle-ci : « Une petite fille toute seule, sur une grande route déserte, c'est frais... »

En ai-je dit assez pour montrer à quel point Hans Bellmer se distinguait du commun des gens, si peu bourgeois qu'ils fussent ? Je crains que non. Ce qu'il faudrait souligner est que dans sa singularité le merveilleux Prussien n'était délirant pas le moins du monde, et que s'il souffrait, psychiquement, de quelque chose, c'était plutôt d'un excès de logique, poussé, comme le métier de ses dessins, jusqu'aux dernières extrémités... Quand je le revis il me porta un bulletin de souscription qui était dans son genre, si précieux que je souscrivis au petit ouvrage qu'il annonçait : *Œillades ciselées en branches*, poèmes de Georges Hugnet, avec des illustrations de Hans Bellmer, le tout, manuscrit et dessins, héliogravé en couleurs et publié sous couverture en dentelle au début de 1939 par Jeanne Bucher. Ce très joli livre est toujours chez moi mais, à la demande de Bellmer, je le lui prêtai plusieurs fois après la guerre pour des expositions, notamment à Berlin, à la galerie Springer, en 1953, et il fut décousu (méticuleusement) par Hans avant d'être mis en vitrine. Avec autant de soin, chaque fois, non recousu, il me fut restitué, j'ai plaisir à le dire ! Inaugurant l'œuvre gravé de Hans Bellmer, ce petit livre est illustré par le procédé de l'héliogravure coloriée à la main en plusieurs passages ; ses ravissants dessins ont souvent un point de départ automatique, qui est un semis de fétus, paillettes, brins de dentelles, débris végétaux, jetés, puis collés, sur la feuille, afin de commander aux traits qui s'épanouissent en images de poupées ou de fillettes. Je le considère comme un témoignage de renouveau dans la vie de Bellmer, que la mort de sa femme bien-aimée, Margarete, un peu plus tôt, avait englouti dans l'un de ces gouffres de nuit, de froid, de douleur et de désespoir qui devaient s'ouvrir à maintes reprises dans son existence et qui me paraissent être l'une des clés auxquelles on ne devrait pas manquer d'avoir recours pour l'intelligence de l'homme et de son art. Bellmer, selon son naturel, aurait été d'humeur souriante, anticonformiste avec une pointe de dandysme, tel que je l'ai vu pendant les rares embellies où il semblait être sorti du malheur ou de la malédiction. Comparable à Baudelaire (qu'il vénérait) par le génie et par le sort, il a mené à bien, envers et contre toutes les probabilités, une œuvre illuminée par la lueur trouble de ses mauvais jours et il a gagné une partie que son destin apparent eût été de perdre. Ainsi, pour quelques-uns de nous, a-t-il pris figure de héros, sinon de saint, par l'atrocité même de ce qui lui fut donné à vivre sans que cédât pour autant ou qu'abdiquât l'artiste.

Moins d'un an après notre première rencontre survint la guerre, pendant laquelle je perdis contact avec Bellmer.

L'on sait qu'il lui arriva d'être interné en 1940, comme citoyen allemand, au camp des Milles, près d'Aix, où il eut pour compagnon Max Ernst. Ce que l'on n'a guère remarqué, je crois, est que ce camp était une ancienne briqueterie et que Bellmer s'y trouvait clos comme à l'intérieur de la matière de l'une de ses rêveries essentielles puisque beaucoup de ses dessins, publiés ou inédits, depuis 1932 jusqu'aux époques tardives, ont pour sujet des décors de briques, des filles de briques (parfois gigantesques), des poupées de briques. Et le célèbre portrait de Max Ernst, tête en briquettes céramiques, de 1944, n'est-il pas un souvenir de ce cabaret de briques improvisé par les internés des Milles pour égayer leur captivité de spectacles de travestis à l'instar de ceux de l'Eldorado de Berlin dans l'âge prénazi? Libéré des Milles, Bellmer se hâta d'enterrer son passeport allemand dans un égout de la ville de Castres. En 1942, il se remaria (avec quelles pièces d'identité, certificat de la Croix-Rouge de Katowice mis à part, je crois le deviner, car pendant l'Occupation personne n'en fit de fausses avec autant d'habileté que lui!). De ce nouveau mariage, il eut deux filles jumelles, Doriane et Béatrice, et le prénom de la première m'a semblé choisi à partir de celui de Dorian Gray, qui par l'intermédiaire de Wilde le rattache un peu à Aubrey Beardsley, autre objet de vénération pour Bellmer, non moins que pour moi-même. Dans le midi de la France, parfois chez l'un de ses plus fidèles amis, Joë Bousquet, à Carcassonne, puis en divers refuges qui devinrent des cachettes, il vécut en clandestin, aidé peut-être par un mélange d'humour et d'enfantillage et par un sérieux imperturbable qui faisaient le fond de son caractère et qui le protégeaient au besoin comme ils nourrissaient sa création artistique. Ainsi vit-il arriver la fin de la guerre, qui n'a laissé aucune trace que je sache dans son œuvre et qui me semble avoir été par lui prise bien moins au tragique que le début du régime nazi en 1933. Une embellie nouvelle allait commencer pour lui.

Séparé de sa femme, il revint à Paris, s'y fixa à partir de 1946. Je ne tardai pas à le revoir, mais ce n'est qu'en 1950 et dans les années suivantes qu'une véritable intimité se fit entre nous. Avec plusieurs de ses amis, Nora Mitrani, Gisèle Prassinos, Jehan Mayoux, Jean Brun, Jacques de Caso et Yves Bonnefoy, je participai au premier livre qui fut publié sur lui en 1950 ; livre d'hommage plutôt qu'ouvrage critique ; livre de fabrication un peu artisanale (malgré la belle typographie voulue par Hans Bellmer et que l'on retrouve aussi glaciale et rigoureuse dans toutes les impressions ordonnées par lui), mais en ce point milieu du siècle où nous étions l'intérêt du public à l'égard du magnifique dessinateur que nous admirions était si faible que nous avions bien du mal à lui trouver parfois un acheteur qui pour un temps lui donnât de quoi vivre et aller s'ébattre au bal antillais de la rue Blomet, où nous allions aussi, Bona et moi, tous les samedis soir. Ce bal auquel il est fait allusion dans le dernier paragraphe d'*Anandrine ou l'empourpreuse*, poème en prose que j'avais donné au livre d'hommage à Bellmer, et en vérité je crois ne l'avoir jamais vu aussi heureux que là !

Auparavant, Hans Bellmer avait fait sa rentrée dans le monde des arts (et sa première exposition de dessins) à Paris à la galerie du Luxembourg, en mars et en avril 1947. Comme en geste opposé à la superbe mise à l'égout de sa nationalité en 1941, c'est en ces rudes caractères gothiques, inséparables du nationalisme allemand, qu'il choisit d'imprimer son nom sur le petit catalogue, préfacé par Joë Bousquet, qui est actuellement sous mes yeux. « Que le scandale vienne... » écrivait à propos de lui Nora Mitrani, que je voyais en sa compagnie, souvent, dans cette époque lointaine, et qui a su parler de lui avec une intelligence et une sensibilité que l'on chercherait en vain dans les propos de la plupart des critiques reconnus. Nora dont le visage émouvant se reconnaît en plusieurs de ses plus belles gouaches et gravures de 1947 et 1948... « Une même déconcertante passion de vérité dirige la main et les images de Hans Bellmer », disait-elle encore, et je voudrais pouvoir dire aussi bien !

Sans doute aurai-je du mal à faire comprendre que chez Hans Bellmer une érotomanie et même une perversité indiscutables se doublaient d'une gravité et d'une espèce d'innocence à défaut desquelles la très grande sympathie qui fut entre nous pendant plus d'une dizaine d'années n'aurait pu naître et s'accroître. A son propos, déjà, j'ai usé du mot d'enfantillage, et je me hâte de rappeler qu'il ne saurait s'agir que d'une vertu perdue par la plupart des adultes mais qui s'est fréquemment conservée chez ceux qui, artistes ou poètes, sont devenus des créateurs tout originaux. Pour les amateurs (comme on dit !) qui payent très cher aujourd'hui des dessins ou des gravures de Hans Bellmer, l'auteur de si charmantes polissonneries ne pouvait être qu'un « vicieux », un « cochon », dont les exploits supposés avec filles et fillettes ne sont pas la moindre cause des plaisirs qu'ils retirent de la possession de ses œuvres. Mais non, et Bellmer, qui de l'amour de tête et charnel avait une conception bien plus élevée qu'on ne croirait, diffère absolument des grands débauchés à la manière, disons, de Lautrec. Là-dessus, je citerai de nouveau Nora Mitrani, qui écrit de lui : « Pourtant cet assassin des bonnes consciences vit avec le rêve têtu d'un amour d'enfance reconquis grâce à deux images perpétuellement menacées : une femme, projection troublante et fidèle de son propre narcissisme, une enfant, Doriane, une toute petite enfant, la sienne, qui lui a caressé le front. Et les deux images se confondent pour faire apparaître, voilé, poursuivi par un fanatisme poétique sans fin, non atteint à cause d'un nouveau recul vers l'impossible sans fin, le visage de l'amour intact. » Rien de plus révélateur quant au caractère ou au naturel d'un artiste que sa touche ou son trait, qui sont aussi les déterminants de son style. Or le trait de Bellmer est aussi sûr que celui de l'artiste qu'il préférait, Dürer, il est aussi pur et il est notablement plus froid. Glacial et pur comme est le scandale porté à son extrémité dernière, oui, ainsi me paraissait le dessin tracé sur le cuivre à la pointe de diamant par Bellmer quand en 1953 il grava sept planches pour illustrer une précieuse édition de *L'Anglais décrit dans le château fermé*, un petit roman fort sadique et scandaleux que j'avais composé en 1952 et qui lui plaisait beaucoup. Pour cette édition-là il était trop tôt, probablement ; elle ne put être mise en œuvre par Jean-Jacques Pauvert, qui en avait eu le projet, et Bellmer publia les gravures avec un texte de lui, sous le titre de *Mode d'emploi*, chez Visat, en 1967. J'ai en mémoire encore certains festins que nous faisions, Bona, Hans Bellmer et moi, en ces bonnes années lointaines, festins dont l'essentiel était un énorme crabe tourteau, car nous raffolions tous trois de la chair blanche, du rouge corail et de la substance jaune contenus dans la carapace et entre les cartilages du crustacé, dont la dégustation savoureuse se double d'une dissection rigoureuse qui n'est pas à la portée ni dans le goût des délicats. Point d'autres orgies, pour les pervers que nous étions, que celles-là, et si notre innocence déçoit quelques collectionneurs je ne saurais que m'en réjouir ! Si j'insiste sur le crabe, c'est, d'une part, que par les marées basses à Berneval il tient dans mon enfance et mon adolescence un rôle inséparable de la découverte du monde sexuel, rôle qu'il retrouve tout naturellement dans le roman de *L'Anglais*, de l'autre qu'on le reconnaît aisément dans ces mains aux doigts articulés comme des pattes de crustacés qui sont le thème de nombreux dessins de Bellmer, ainsi que dans beaucoup de ses « bêtes à deux dos » qui sont surtout des bêtes à six, huit, dix ou douze pattes... La poupée elle-même, par soustraction du chef et addition de membres supplémentaires, prend souvent un aspect de crabe dans les dessins et les photographies où elle figure le résultat ou plutôt le résidu d'un cruel carnage. A la lecture de *Petite Anatomie de l'image*, livre que rédigea Bellmer en sa plus grande partie pendant la guerre et qui fut publié à Paris, au Terrain vague, en 1957, le désir ou l'attrait de la dissection-destruction est source d'inspiration évidente ; désir tout intellectuel, cela va sans dire, car Bellmer qui usait en virtuose de ses instruments de graveur, burin, pointes acérées, jamais, j'en suis sûr, ne sentit le moindre besoin de prendre en main le scalpel ou le bistouri. L'épigraphe de ce livre, une courte phrase de Paracelse, que voici : « Le scorpion guérit le scorpion », m'intrigue. D'abord parce que le scorpion, avec ses pinces, se présente comme un crabe pourvu d'une queue venimeuse, dardée haut, qui menace. Puis parce que cet arachnide est symbole d'autodestruction. Sans connaître le thème astrologique de Bellmer, né sous le signe des Poissons, comme moi (le 13 mars au lieu du 14), j'ai souvent pensé que le Scorpion, par ses rapports avec le sexe et la sexualité, devait avoir une grande importance dans son horoscope. Ou bien faut-il (comme dans *L'Anglais*) retourner la pieuvre et comprendre le dit de Paracelse en considérant l'art de Bellmer, qui montre surtout le non-accomplissement de l'amour, comme une homéopathie de la sexualité ? Ce qui ne serait pas en désaccord avec une certaine conception de l'érotisme qui apparaît chez l'écrivain le plus proche de Bellmer : Georges Bataille.

Posé tant de fois, le problème de ce qui distingue l'érotisme de la sensualité se simplifie beaucoup si l'on veut penser que le climat de la sensualité est la chaleur et que celui de l'érotisme est le froid. Dans le feu brûlant de la communication, les grands sensuels de l'un et de l'autre sexe ne cherchent qu'à perdre la tête par l'accomplissement vertigineux du désir, qui est l'orgasme partagé; les érotomanes, au contraire, restent confinés dans une sorte de solitude claire qui est de la nature du glacier et de la banquise, et leur lucidité est d'autant plus intense que chez eux le désir, auquel ils refusent de donner ou qui ne peut trouver satisfaction, s'excite en exaltant avec lui la fonction mentale. Pareille exaltation solitaire n'est pas longue à orienter la force affective de l'amour vers la pitié, vers la cruauté. D'où le sadisme, celui de Bataille, celui de Bellmer, qui nous paraît une sorte d'expérience spirituelle par laquelle est étendu au-delà de toute mesure le champ magnétique du désir insatisfait. Avec beaucoup d'intelligence, Yves Bonnefoy écrivait que l'intériorité tragique que suggère le visage lutte contre cette possibilité que Bellmer toujours réserve, composante essentielle du sadisme : réduire un corps vivant et profond à l'exhaustive extériorité d'une algèbre ». Il me semble aussi que l'érotisme et que son complément indispensable, le sadisme, ainsi expérimentés, poussés à bout, avec un sérieux et une gravité qui leur rendent une innocence quasiment édénique, se situent un peu au-dessous de l'âge d'homme et rejoignent ce que j'ai appelé l'enfantillage, catégorie sans doute idéale mais où je placerai l'œuvre et la vie de ce maître du dessin qui est un philosophe aussi : Hans Bellmer. Nul de ceux qui l'ont étudié n'a oublié de parler de cette période où, à partir de 1928, il est devenu lui-même en quelque façon et par la grâce d'une cousine adolescente et libertine, la charmante Ursula, dont la personne lui donna probablement l'idée de la première poupée et en compagnie de laquelle, plus tard, il entreprit sa construction associée à de menus jeux pervers, interdits et permissions, pratiqués avec la gravité enfantine dont je prétends qu'il ne s'est jamais démis. Reproduit dans le livre d'hommage de 1950, un dessin de 1935, *Ma cousine*, troublante image d'Ursula au visage coupé, lève le rideau en ouvrant le corsage sur le théâtre des jeux innocents et de la perversité puérile, appliquée et curieuse.

Quand Magritte peignait ses tableaux qui tant nous émerveillent, il s'agissait, pour lui, de rendre la pensée visible, de donner une image de la pensée qui fût perceptible à l'œil d'un spectateur. Eh bien, obsédé que je suis en ce moment par l'observation de l'œuvre graphique de Bellmer, je me demande si les très nombreux dessins qui la composent, au fond, ne visent pas à un but pareil, n'usent pas de moyens de même espèce. En tout cas la lecture de sa *Petite Anatomie de l'image*, seul texte dans lequel il se soit longuement expliqué, le laisserait supposer, à condition qu'au mot de « pensée » on substitue celui de « rêverie » et que l'on s'accorde avec le metteur en images pour n'être attentif qu'à la rêverie érotique, laquelle, animée par la fièvre du désir insatisfait, vacille perpétuellement en des duplications, en des permutations, en des contradictions, qui sur le papier se traduisent par une dialectique de la figuration sexuelle qui est exactement le message peu réaliste ou tout irréaliste que nous recevons du crayon de Bellmer. « On n'aura pas l'ambition d'énumérer les innombrables possibilités intégrantes et désintégrantes selon lesquelles le désir façonne l'image de la désirée », écrit-il dans son *Anatomie*. D'intégrer et de désintégrer, cependant, il n'arrête pas, il n'a pas arrêté depuis 1924 à peu près jusqu'à l'instant de sa mort, le 23 février 1975. N'est-ce pas à la sempiternelle « désirée » (toujours la même et toujours différente) qu'il écrivait dans l'*Anatomie*, comme s'il traçait le fil de sa rêverie amoureuse : « Comment veux-tu que je t'appelle quand l'intérieur de ta bouche cesse de ressembler à une parole, quand tes seins sont à genoux derrière tes doigts et quand tes pieds s'ouvrent ou cachent l'aisselle, ta belle figure en feu... »

Avec Unica Zürn, rencontrée à Berlin en 1953, le jeu

singulièrement anatomique (décomposition-recomposition d'une phrase avec permutation des lettres constituantes de l'anagramme), inauguré avec Nora Mitrani à Toulouse vers la fin de la guerre, arrive à son paroxysme en même temps que sont produites les plus belles gravures de Hans. Période de vie difficile, tourments et bonheur, où Hans et Unica habitent dans un petit hôtel assez sordide, 88 rue Mouffetard, puis aux environs de Paris, puis dans le midi de la France; période qui se terminera tragiquement par le suicide d'Unica, le 19 octobre 1970. Hans Bellmer survivra cinq ans à sa compagne, malade et désespéré, quoique dans une certaine aisance à cause de la découverte faite de lui tardivement par les marchands et les collectionneurs !

Notre regard aujourd'hui est attiré de nouveau vers cet homme aussi attachant que difficile à connaître bien et qui était l'un des plus grands maîtres du trait et l'un des esprits les plus originaux du siècle dans lequel il aura vécu près de soixante-treize ans sans se plier jamais aux « bons usages » de la société ni aux modes en faveur parmi ses contemporains. Maître Bellmer rentre dans l'actualité par le fait d'une considérable masse (plus d'une centaine) de dessins, presque tous inédits, accompagnés de quelques tableaux et de lavis également inconnus, surgis de son passé et qui vont être exposés à Paris. Les dates extrêmes, 1932 et 1969, entre lesquelles s'inscrivent les exécutions de ces œuvres, embrassent presque toute l'époque d'activité créatrice de l'artiste, la période, à mon sentiment, de son originalité la plus vive.

Une petite étagère où sont rangées diverses choses qui sont des curiosités naturelles ou artificielles, des jouets anciens, des objets d'art exotique, de kitch, plusieurs cônes évoquant la *Diane* d'Éphèse et les buis taillés de Le Nôtre, m'émeut parce qu'elle est peut-être l'une de celles que je vis jadis rue Mouffetard et parce qu'elle se rattache aux « trésors » enfantins dont l'on sait combien ils furent chers à Bellmer pendant toute son existence. « J'espère que vous êtes collectionneur », me disait André Breton, peu après que je me fus présenté à lui... Telle qualité surréaliste ne manquait pas à Hans Bellmer, il nous plaît de le reconnaître !

Les dessins initiaux, ceux de 1932 ou alentour, sont peut-être les plus intéressants parce qu'ils annoncent plusieurs des plus célèbres et des plus belles œuvres de 1934 à 1940 et parce qu'ils ont un caractère fantastique qui n'est inférieur en rien à l'érotique, lequel devint prédominant par la suite. La brique, dont Bellmer sera le prisonnier au camp des Milles, règne ici en abondance, par exemple dans le thème de la géante de briques émergeant en partie de la mer et qui est parfois figurée comme une construction anthropomorphe où des filles sont logées à l'endroit des entrailles, plus bas que la surface de l'eau. Ailleurs, une brochette de filles grasses évoque le pal ou le pieu des *Tours menthe poivrée* à venir ; un monstre composé des parties postérieures de semblable fille grasse, mais double et fournie d'une cinquième fesse qui est un œil énorme, pose devant une petite chaise, meuble qui se retrouve, encore plus petit, dans un dessin sadique, au-dessous des restes d'une fille dépecée ; une géante de briques, de la bouche de laquelle sort un serpent et dont un sein engloutit le pieu habituel, au-dessous de filles ailées, elfes ou libellules de cabaret, pourrait être l'esquisse initiale des *Pays-sages* futurs. En 1935, Bellmer a pour sujet favori sa poupée, celle qu'il a construite en 1933 et 1934, ici douée d'un visage de Gretchen ahurie et bouffie, propre à lui valoir le violent hommage d'un sadique, mais qui bientôt sera remplacé par la figure anguleuse que l'on sait. Puis, les thèmes variant, l'on trouve ou retrouve divers *Céphalopodes* féminins, que je crois pouvoir dater des environs de 1942, ainsi que deux croquis de jolies victimes, éplorée l'une, bras en l'air l'autre, comme celles qui n'ont plus qu'à gémir sur leur sort. Lequel, pourquoi pas, comme sur un dessin de 1948, pourrait être de se trouver réduites à l'état de ce cube charnel lié de fil de fer que Bellmer avait dessiné déjà, pour sa *Petite Anatomie de l'image*, d'après une photographie illustrant le forfait d'un « artisan criminel » (selon sa propre expression).

Parmi les corps féminins défigurés, les corps démontés, remontés, les anagrammes charnelles, des visages subsistent, qui sont parfois des portraits. Ainsi reconnaît-on Nora Mitrani et, plus fréquemment après 1954, Unica Zürn ; ainsi trouve-t-on, vers 1959, une petite série d'amis de Hans : Jean Arp, Victor Brauner, Marcel Duchamp, Man Ray, Wifredo Lam, avec Michel Simon, souvent portraituré auparavant et plus tard, et Will Grohmann, peint sur une base de papier froissé et collé. Inspirées du mythe du rapt d'Europe, plusieurs esquisses de femme chevauchant un taureau, sont des feuilles de travail pour l'*ex-libris* de Camille Aboussouan, gravé vers 1955. Nombreux, postérieurement, sont les dessins qui ont donné naissance aux belles estampes qui illustrent *Jules César* de Joyce Mansour ou *Madame Edwarda* de Georges Bataille. Pour ce dernier livre, traduit en anglais sous le titre bizarre de *La Bête à la porte du ciel*, Bellmer a dessiné une page de titre qui témoigne de son goût typographique, non sans parenté, semble-t-il, avec la beauté froide de l'architecture de Palladio.

Car tous ces dessins, et ce n'est pas leur moindre étrangeté, malgré la frénésie sexuelle qui les anime, ont un style où se retrouvent le coup d'œil froid de l'architecte, la sûreté de calcul de l'ingénieur. Si Bellmer préfère à tous les autres moyens de tracer la mine de plomb taillée pointue et si le support favori de son trait est le papier quadrillé, n'est-ce pas à cause de son lointain passé de dessinateur industriel, auquel il ne cessera jamais d'être fidèle, même quand on lui demandera de ne plus s'intéresser qu'aux rouages de la mécanique féminine ? Et le matérialisme évident qui est l'esprit de toute son œuvre comme il est celui de l'œuvre de Sade, n'est-ce pas de cette fidélité-là qu'il provient, lui aussi ?

Le dessin magistral et la gravure impeccable de Hans Bellmer sont l'un de ces phénomènes prodigieux que l'on voit suspendus entre la terre et le ciel et qui font peur aux bonnes gens, à moins qu'on ne les regarde avec amour.

1979.

Actuellement Jean Dubuffet

Actuellement Jean Dubuffet délaisse la peinture à deux dimensions, et il nous semble que son intérêt s'éloigne chaque jour un peu plus de toute représentation plastique tracée sur un plan par les moyens que trouvent les artistes dans l'arsenal où de longue date ils puisent, ou par d'autres moyens d'invention plus récente ou plus personnelle. Subsistent, oui, quelques gouaches, quelques dessins, mais leur nombre se raréfie, le temps à leur production consacré s'inscrit en marge des périodes laborieuses, et il ne s'agit plus que de notes ou que de projets destinés à servir de points de départ à des travaux en relief. La surface plane, dont usa si longtemps Jean Dubuffet et qui fut le ferme et stable appui de tant de créations diverses qui enchantent les amateurs d'art aujourd'hui après les avoir déroutés hier, est déchue, dirais-je, au rôle d'aide-mémoire, de pense-bête, de feuillet de calepin. Sa fonction n'est plus que de conserver des idées qui pourront donner lieu à de vraiment volumineux ouvrages, à condition qu'elles ne s'égarent pas, mais soient cataloguées dans les dossiers du maître d'œuvre. Le plan est en disgrâce. Rien, dans l'actualité, ne laisse prévoir qu'il puisse aisément s'en tirer, retrouver la faveur de Jean Dubuffet.

Surprenante à première vue, de la part d'un peintre dont

je me plais à redire que son œuvre en totalité m'exulte, la condamnation que Dubuffet vient de prononcer n'est pas motivée par le trop grand usage qu'ont fait depuis longtemps les artistes de la surface plane, puisque la taille en relief est d'un emploi aussi ancien et aussi copieux ou davantage. Non. Tel qu'il m'a paru le comprendre, le détachement de Dubuffet est d'ordre plutôt spirituel, polémique, bien sûr, ce qui n'exclut nullement qu'il ne soit pas philosophique aussi. Ce que cet homme impatient ne peut plus supporter aujourd'hui, ce qui lui semble autant fastidieux que mesquin, c'est le mécanisme intellectuel, fabriqué pour la population du globe entier ou presque, qui réduit si facilement à deux dimensions tout ce qui en possède au moins trois dans la réalité. C'est la convention si aisément acceptée de la perspective, la soumission du regard dressé comme un chien couchant au respect de l'artifice, bien sûr, et c'est aussi l'espèce d'escroquerie du dessin simplement suggestif, chéri par les maîtres du vieux temps, préféré par les peintres modernes, qui met en jeu chez le spectateur la machine de l'imagination tout en s'écartant volontairement de l'objet représenté, dont il conserve une silhouette un peu difforme ou caricaturale. Polémique, philosophique, ai-je dit que m'apparaissait, tout en me surprenant, le détachement montré par Jean Dubuffet à l'égard de la surface qui se prête si docilement à l'art innombrable; j'ai envie de dire, plus simplement, que ce détachement est d'ordre moral.

En effet, l'homme dont je parle ne cache nullement qu'il se trouve plus ennuyé et plus exaspéré chaque jour par la présence en toute maison où il va d'innombrables petits panneaux plats, généralement rectangulaires, encadrés le plus souvent, qui font sur les murs comme autant de fenêtres mortes dans lesquelles, l'habitude aidant, l'œil parvient à distinguer des assemblages de formes et de couleurs qui lui rappellent un peu de déjà vu... Dans sa colère, c'est à l'artifice qu'il en a, et je suis tenté de sourire en songeant à tout le bel et bon usage qu'il en fit naguère, de manières fort diverses dont à chaque fois il nous mit plein la vue. Si je dis, maintenant, que l'art est essentiellement artifice, c'est lui qui sourira, ou qui franchement rira de ce grand salubre rire dont il ne nous ménage pas les éclats, et il aura raison, naturellement, puisque, tout en gagnant toutes les parties d'art que depuis plus de vingt-cinq ans il engagea, son mépris, sa dérision et sa détestation de l'art jamais n'ont varié d'une broutille. Qu'en cela je le suive, non! Il m'a donné, par la pratique de ce merveilleux artifice qui est la peinture, des joies et des émotions trop grandes, dans un passé proche encore, pour que je ne lui en garde pas reconnaissance, comme je fais envers de nombreux autres peintres. En outre, je ne suis pas certain que le relief soit exempt d'artifice beaucoup plus que le plan, quoiqu'il ne fasse pas appel au banal mensonge optique, aussi vieilli que les plus désuets cérémoniaux et sur lequel il est assez conforme à l'esprit révolutionnaire de porter une condamnation impitoyable.

C'est à partir des surfaces, presque toujours de grandes dimensions, de *L'Hourloupe*, que Jean Dubuffet est passé aux reliefs. Déjà *L'Hourloupe* se distinguait si fortement de tout l'ensemble des peintures précédentes, si variées fussent-elles, que l'on n'était pas mal fondé à tracer une sorte de frontière entre leur superbe mélange d'exubérance et d'aridité, propre cependant à enrichir le trésor des collectionneurs, et ce pur monde nouveau, figuratif mais glacial, burlesque mais quasiment privé d'atmosphère respirable pour les poumons des amateurs d'art, héroïque mais sordide, farceur mais blessant. Sans doute a-t-on remarqué que si parenté l'on veut chercher on en pourrait trouver une à *L'Hourloupe* du côté des Aztèques, lumineusement inhumains parce que leur principal souci était de dépasser l'homme par le haut autant que par le bas et de mettre la partie médiane en pièces avec une simple rigueur aussi exclusive d'ombre ou de pitié que le rayonnement solaire à midi. Par l'intermédiaire des Aztèques peut-être, j'ai eu souvent l'illusion d'un relief sculptural sur la paroi des vastes panneaux de *L'Hourloupe*. Ainsi n'est-il pas surnaturel (et je voudrais souligner que rien n'est jamais surnaturel chez Jean Dubuffet, qui oppose un refus d'ordre éthique à cette catégorie-là) que des formes et que des figures, parmi les plus ordinaires au début, se soient détachées de la paroi pour envahir l'espace où se tient l'artiste et où nous qui regardons son œuvre, nous tenons aussi.

Sur le métier, ou la technique, fort simple au demeurant, de ce développement d'une peinture dans un espace tridimensionnel, je dirai peu de chose. Il suffit que l'on sache qu'au départ Jean Dubuffet taille des blocs de polystyrène expansé (sorte de mousse solidifiée, blanche, tendre, légère) par le moyen d'un fil électrique porté au rouge. A le voir faire, il m'a semblé qu'il sculptait de la neige, et son sourire, tandis qu'allait lestement le brûlant outil, rappelait celui du skieur lancé loin des pistes, ivre du plaisir d'imposer sa trace à de vastes virginités crissantes. Pour un juste équilibre, je mettrai cette image en balance avec celle d'un gai chirurgien qui jouerait du thermocautère sur une chair paralysée. Le produit de l'opération est peint par Jean Dubuffet, en blanc, bleu et noir principalement, dans la manière des panneaux de *L'Hourloupe*, avec des couleurs vinyliques. Plus tard, des hommes de métier entrent en fonction, et alors les formes obtenues au fil ardent sont moulées; un premier procédé permet de conserver le polystyrène original; un second, comparable à celui de la cire perdue, le détruit, tout en gardant sur le moule une mince pellicule qui porte le coloris et à l'intérieur de laquelle sera coulée la matière ultime. Celle-là est une résine synthétique, dérivée du pétrole comme le polystyrène et nommée, suivant les lieux et les fabricants ou selon de minimes différences de composition, polyester ou époxy. Stratifiée sur de la fibre de verre, elle est très dure, plus résistante que tous les matériaux dont ont usé les sculpteurs depuis les temps de la préhistoire. Aussi parfaitement imputrescible qu'inoxydable, presque incassable, ce serait à peine une exagération que lui donner un brevet d'indestructibilité. Les hommes de l'avenir doivent être avertis qu'ils ne se débarrasseront pas facilement des sculptures de Jean Dubuffet !

Quant aux dimensions de ces sculptures (nommons-les ainsi, faute de mieux, quoique le mot les désigne assez mal), elles sont inquiétantes à proportion de leur résistance aux accidents et aux intempéries. Dans une banlieue encore assez campagnarde, au sud-est de Paris, Jean Dubuffet a fait récemment construire de très spacieux ateliers qui abritent, entre autre matériel, une grosse machine à agrandir les volumes, laquelle est elle-même un agrandissement et un perfectionnement des appareils qui servaient, il y a peu, à la découpe académique des monuments aux morts. La machine en question a la capacité de tailler rapidement des blocs de polystyrène en suivant avec fidélité le relief dont l'amplification est requise, et parfois ce sont les moules qu'on lui fait agrandir, parfois ce sont les sujets eux-mêmes. Quelques variations peuvent se produire dans l'ordre ou la méthode de travail. Généralement, on estampe dans les moules une mince couche de résine stratifiée sur du tissu de verre, puis d'autres couches, et ainsi les grands morceaux de sculpture changent de substance en passant du polystyrène fragile au dur polyester ; ensuite de quoi, par assemblage, ils permettront d'édifier des sculptures monumentales, dont certains exemplaires sont déjà parvenus à la hauteur d'une commune maison d'habitation. D'autres seront plus élevés et plus massifs, quand ils seront sortis de l'état de projet. Et le monde de *L'Hourloupe* prendra forme à côté du monde des hommes plutôt que dans ce monde-là, auquel il aura cessé de fournir une décoration artistique.

Pour bien entendre son but, ou, d'une manière plus absolue, sa fin, il sera nécessaire de prendre connaissance des idées de Jean Dubuffet relatives à ce que celui-ci nomme la « logologie », idées qui n'ont été qu'en partie exprimées et dont je pense qu'elles feront l'objet d'une mise au point ultérieure, quand les volumes de polyester se seront multipliés comme les premiers mots d'un énorme enfant. Pour le moment, dans l'actualité où je me suis placé au début de ce commentaire, je me plais à voir en telle édification (et même à recevoir d'elle) une leçon de modestie en même temps qu'une leçon d'inquiétude. Une chaise est-elle une chaise, un arbre est-il un arbre, un nuage est-il un nuage ? Le théâtre contemporain, déjà, nous avait appris à ne pas trop tranquillement « aller en paix » en nous reposant sur les catégories du langage. Mais la puissance déconcertante d'une représentation aussi objective que celle qui nous est donnée par la sculpto-peinture de Jean Dubuffet est bien plus efficace et elle est plus sournoise. A ce titre, elle est salubre, dans la mesure où nous avons souvent l'impression que les mots et que les figures courantes du vocabulaire sont devenus des masques sous lesquels nous peinons à respirer. Un grand courant d'air pur soufflera du futur « cabinet logologique » de Jean Dubuffet, courant de simplification barbare vers lequel je me tourne avec quelque joie.

Comment l'écrivain ne se réjouirait-il pas d'une tentative qui ne vise à rien moins qu'à ériger l'écriture en monument ?

1970.

Libre comme l'air

L'après-guerre était fraîche encore et pleine de saveurs en 1949. C'est à l'automne de cette année-là, en rentrant de Venise, si j'ai mémoire, que je rencontrai Dorothea Tanning, dont les tableaux étranges m'avaient vivement frappé à l'exposition du surréalisme en 1947, à la galerie Maeght. Ces portes ouvertes (et qui n'auraient pu être sur rien fermées), dans je ne sais quel désert de sable glacé, chaud cependant puisqu'une maternité pitoyable s'y exhibait en chemise honnête et nu-pieds, ces paysages urbains où le tour de main de l'absurdité surréaliste était donné d'une poigne stricte, avec un humour aussi sérieux que celui des plus grands maîtres dans le genre, voilà qui m'avait bien agréablement exalté. Quelques hommes, dont j'étais, songeaient que des femmes terribles fussent lancées ou lâchées dans l'art et dans la littérature, pour troubler un peu le règne de l'existentialisme qui se prenait pour une école de philosophie et du patriotisme qui s'offrait à donner le sein aux poètes avec un zèle de vieux travesti. Une nouvelle libération, en quelque sorte, mais qui eût été l'œuvre d'amazones... Et le nom de Tanning était resté dans ma tête comme celui d'une recrue possible pour la horde salutaire. Ma bonne surprise, dans les derniers mois de 1949, fut de découvrir que la femme terrible que j'avais rêvée était en réalité une charmante jeune femme et un peintre dont le talent était en train de se renouveler totalement.

Tanning, à cette époque, fit ses premières lithographies : un album de sept grandes planches qu'elle intitula *Les Sept Périls spectraux* et pour lequel elle me requit d'écrire un texte moins de présentation que d'accompagnement. Sept petits poèmes en prose, à la suite d'une brève introduction, le constituèrent, dont à mes yeux le principal intérêt était d'animer en marge des images sept petites créatures féminines, Mara, Sola, Artémidora, Perséfona, Estépona, Béona et Cosima, qui sont cousines ou tout au moins proches parentes des créatures picturales de Dorothea Tanning. Car, et c'est là que j'avais envie d'arriver, Tanning, dans la première partie de son œuvre (un peu plus figurative, narrative, illustrative), comme dans les périodes suivantes (où quelques tableaux, parfois et cependant, sont en lisière de la non-figuration), est presque exclusivement un peintre de filles et de femmes.

Ici, j'entends déjà que l'on va dire que Dorothea Tanning est aussi un peintre de chiens. Sans doute... Pourtant, assez semblable à Restif de La Bretonne sur ce point, il me faut avouer que je suis plutôt insensible aux chiens et que leur espèce est l'une de celles qui m'inspirent le moins d'intérêt dans le monde animal. Ceux qui abondent, en effet, dans maints tableaux de Dorothea Tanning, je suis tenté de les interpréter sous l'angle de la « bestialité », chose qui ne serait nullement pour me déplaire ou me contrarier : mais en écrivant cela je sais que je me trompe et que le chien, pour Tanning, a une signification beaucoup plus chaleureuse et plus vitale, totémique (familiale) en quelque sorte, proche de celle du chat pour Fini. Je me bornerai donc à reconnaître qu'en plusieurs tableaux, surtout dans sa première manière, Tanning a su produire à partir du chien des images qui sont parmi les plus riches en humour de toutes celles que nous offre la peinture contemporaine. Quant au reste, mieux vaut que j'avoue mon incompréhension, qui ne serait peut-être pas si le chien du peintre était le loup primordial, qui est inscrit dans le catalogue profond des poètes au même titre que l'ouragan ou que l'éclair. Un peu honteux de ce qui à plusieurs paraîtra manque de sensibilité, je m'en excuserais presque.

Par bonheur, le sujet, ou l'objet, capital qui a toujours retenu le regard de Tanning et qui ne cesse pas de rendre laborieux ses pinceaux est également celui qui depuis les origines demeure la grande source d'inspiration des artistes et des poètes, le point d'attraction essentiel aux yeux de la part masculine de l'humanité. Qu'il me soit permis, ici, de me réjouir d'une chose qui est assez curieuse en somme et qui est que les femmes peintres, les « peintresses », comme je préfère les nommer, semblent avoir plus de goût et d'aisance à représenter le perpétuel souci des hommes que ce qui, selon la norme, devrait passionner leur espèce. Oui, les femmes sont surtout des peintres de femmes, il est presque banal de le constater, encore qu'il soit permis de s'en étonner. Dans le cas de Dorothea Tanning, cependant, il nous est donné de pénétrer dans un système de miroirs qui est fascinant, exclusif et compliqué plus que la plupart des autres.

Le premier de ses tableaux dont la reproduction me soit connue est *Birthday*, de 1942, bel autoportrait de la peintresse aux seins nus où de multiples portes ouvertes, déjà, dressent un arrière-plan de labyrinthe et où le rôle du chien est tenu par un charmant petit quadrupède ailé. Dans cette toile, dans celles qui l'ont suivie, des influences paraissent, que nous pourrions rattacher à certains Allemands et à certains Anglais qui vers la fin du XIXe siècle peignaient avec un souci de réalisme fantastique. Il y a manifestement, au début de la carrière de Dorothea Tanning, une tendance au préraphaélisme qui nous fait regretter de ne rien savoir de la période vraiment initiale de son œuvre et de ses années d'apprentissage. Dix ans après *Birthday*, de manière un peu préraphaélite encore, Tanning peignit un admirable tableau : *La Chambre d'amis*, lequel, par le dessin, le clair-obscur et la spiritualité aussi tendre que cruelle possède à mes yeux un pouvoir si troublant qu'une analyse approfondie ne suffirait pas à l'épuiser. Pendant cette longue période de création, qui s'étend sur une quinzaine d'années, les personnages (nous les pourrions nommer héroïnes) des tableaux de Tanning sont en grande majorité des jeunes filles, adolescentes ou fillettes, des femmes en bouton. Preuve en serait fournie, s'il le fallait, par les boutons de fleurs, justement, qui servent parfois de têtes à des corps graciles. L'humour donne à l'érotisme une sorte de transparence. Le climat fantastique provient de menus et multiples décalages, que l'artiste, par un calcul intelligent, avec un doigté sévère, inflige à la réalité de l'univers quotidien. De ce côté-là, Lewis Carroll n'est pas loin, et son nom est celui qui tout naturellement vient à l'esprit si l'on cherche un patron aux premières œuvres de Dorothea Tanning, experte, elle aussi, aux subtilités du jeu d'échecs.

Plus tard, après 1955, tout change : une sorte d'explosion s'est produite, ou faudrait-il appeler cela, comme au printemps la fonte des glaces, une débâcle ? Tanning, en tout cas, se libère de ce victorianisme qui l'avait longtemps charmée et qu'elle avait su rendre charmant. Ses filles un peu fragiles ont éclaté comme des grenades mûres, sinon comme des bombes, et leurs fragments sont des morceaux de corps de femmes, qui n'ont de cesse qu'ils n'aient bâti ou rebâti le grand théâtre ou le palais du plaisir charnel de la femme. En même temps, par la franche acceptation de la sensualité féminine, la sienne propre, la peintresse opte pour une peinture sensuelle, et la joie qu'elle y trouve nous réjouit à notre tour, dans notre position de voyeurs. La pâleur a quitté sa palette; son érotisme a perdu cet aspect diaphane et légèrement pervers pour devenir fruité, pulpeux, juteux; précisément, il est devenu pictural.

Pareille libération, bien entendu, ne s'est pas faite sans quelques éclats, et l'on pourrait s'étonner qu'au début cette sensualisation de la peinture de Tanning se soit traduite par des incursions du côté de l'abstrait ou tout au moins de l'informel. Mais qu'allons-nous chercher dans les expositions de peinture sinon des sujets d'étonnement? Dans les plus récentes années, d'ailleurs, la chair est représentée sans détour, avec son entier pouvoir de « transport », au meilleur sens du mot. Je me flatte d'avoir employé dès 1950, pour caractériser l'art de Tanning, l'expression « s'envoyer en l'air ». En vérité, ladite expression s'applique si bien à toutes les époques de l'œuvre dont je parle que l'on pourrait la répéter sans fin...

C'est à raison que l'on a comparé les tons de la peinture de Tanning à ceux de Goya, du moins si l'on se réfère au jeune Goya, qui ne cachait pas d'être influencé par les Vénitiens du XVIIIe siècle. Le peintre du passé auquel Tanning ressemble le plus dans sa manière actuelle est assurément Giambattista Tiepolo. Qu'il me soit permis de saluer en sa personne quelque chose d'un Tiepolo féminin et moderne!

Objets surréalistes

« Mais le monde est peuplé d'objets », écrivait naguère, d'un bel élan, Francis Ponge, et je cède à l'envie d'user d'une forme décasyllabique que Maurice Scève et Louise Labé poussèrent au sublime pour lui répondre que « tout ce que l'on considère est objet ». Eh oui, tout est objet, jusqu'à chaque brin d'herbe, à chaque goutte d'eau, à chaque grain de sable, à chaque ciron, à chaque atome, à chaque neutron, à chaque proton. Quant à ce que, d'une manière un peu ridicule, les commissaires-priseurs nomment « objets d'art et de curiosité », n'est-ce pas encore une forme spéciale de considération qui les définit par rapport au commun des choses ? Il me paraît donc impossible de parler, comme je suis requis de faire ici, des « objets surréalistes » ; ce qui me semble une excellente raison de parler d'eux quand même ; d'autant plus que chacun qui lit cette revue sait de quoi il s'agit, tout en sachant que nul ne sait ce qu'est précisément un objet surréaliste ; sauf en usant d'un point de repère, le seul, toujours le même dès qu'il s'agit du surréalisme : la pensée, le goût (affectif plutôt qu'esthétique) d'André Breton.

En effet, c'est André Breton, dirai-je, qui a consacré et illustré le dadaïsme (après l'avoir pitoyablement mis à mort le 6 juillet 1923 à la soirée du « Cœur à gaz » en lui reconnaissant un rôle d'initiateur et de fondateur par rapport au surréalisme. Laissant donc de côté les objets recueillis ou façonnés qui à tous les âges de l'humanité s'apparentent à ceux que l'on inscrit au catalogue du surréalisme, je voudrais rappeler, d'abord, ceux de dada.

Esprit de destruction, esprit d'agressivité, esprit de scandale, esprit de dérision, voilà d'où s'inspirent presque tous ceux-là, parmi lesquels la priorité sans doute appartient aux inventions et aux « détournements » de Marcel Duchamp, dont la *Roue de bicyclette* sur un tabouret remonte à 1913, le *Porte-bouteilles* à 1914, l'insultante *Fontaine* à 1917. L'on a fort exagérément glorifié, à mon sentiment, pareilles inventions, trop apparentées aux canulars et aux chahuts des étudiants des Beaux-Arts pour que je les aie jamais regardées avec beaucoup de sympathie. La cage pleine de morceaux de sucre en marbre, *Pourquoi ne pas éternuer, Rose Selavy*, de 1921, est beaucoup plus intéressante par sa mise en question de la notion de pesanteur, si intéressante que je ne puis croire qu'elle ne doive pas quelque chose aux propos de Breton. Quant au gilet de valet, *Veste pour Benjamin Péret*, de 1957, c'est une plaisanterie assez basse pour nous donner la mesure de son auteur. Marcel compte à mes yeux bien moins que Benjamin, le poète surréaliste par excellence. Revenant à l'objet dada, cependant, nous allons trouver son grand maître en la personne de Man Ray, l'un des hommes les plus subtils parmi les « objecteurs » de tous les temps, peu agressif, d'ailleurs, et nullement enclin à la vulgarité. Son *Cadeau* (fer à repasser garni de clous), de 1921, est justement célèbre, mais le *Marteau sans maître*, dit aussi *Le Manche*, de 1921, les *Pains peints*, de 1927 et 1958, le métronome, *Objet de destruction*, de 1923, *L'Énigme d'Isidore Ducasse*, de 1920 (origine de tous les « enveloppements » de notre époque), d'autres encore, sont incomparables. L'on ne saurait négliger l'influence de tels objets de subversion sur la peinture de Magritte et même sur un certain système de retournement des idées reçues, dont Breton allait faire un point essentiel du surréalisme. Sauf Duchamp, sauf Man Ray surtout, les hommes qui ont participé aux divers mouvements dada nous ont légué dans leurs œuvres des tableaux, des sculptures, des collages, plutôt que de véritables objets (réfractaires au classement dans une catégorie artistique), et il serait oiseux de les passer en revue, au seuil de ce qui nous intéresse bien plus intensément : le surréalisme.

Ce dernier, d'où vient donc qu'aux objets il ait donné tant d'attention et tant d'importance, allant jusqu'à faire de ses expositions, comme l'en accusaient ses ennemis, des « marchés aux puces » ? Il est aisé de répondre à cette question en observant, une fois de plus, que le surréalisme appartient souverainement à André Breton et que, sans qu'il eût même besoin d'exercer un commandement, les idées, les amours ou les détestations de cet homme-là s'imposaient à l'esprit de tous ceux qui s'asseyaient à la table du groupe. Par une sorte de « fait du prince », je le veux bien, à condition que dans le prince on reconnaisse le grand inspirateur et le grand fascinant dont l'absence pèse sur nous si cruellement aujourd'hui. Or André Breton était assez extraordinairement curieux et collectionneur. L'une des premières phrases qu'il m'ait adressées, je m'en souviens, fut pour me dire : « Vous êtes collectionneur, j'espère. » Je ne me trompai pas en entendant qu'il souhaitait que je fusse, comme lui, sensible aux objets singuliers. L'on sait à quel degré d'extrême élévation, dans *Nadja*, déjà, il pousse l'intelligence de ces choses surprenantes, émouvantes, plus ou moins explicables, que l'on trouve sur les marchés de vieilleries hors d'usage et qui ont souvent été façonnées avec dilection par des hommes ou par des femmes retranchés du monde. *L'Amour fou* devait reprendre la question et la développer, peu après la première exposition d'objets surréalistes chez Charles Ratton, en 1936. En 1938, l'exposition surréaliste qui se tint à la galerie des Beaux-Arts fut l'occasion d'engager à peu près tous les membres du groupe sur la voie de la création d'objets. Des objets qui demeurent dans notre mémoire quoique beaucoup d'entre eux aient disparu, et qui, dans leur diversité troublante, nous paraissent les prototypes de cette chose par ailleurs indéfinissable : l'objet surréaliste. « Tout un poème », on ne le dira jamais assez ; la matérialisation des nostalgies, des obsessions, des désirs ou des frustrations que l'on soupçonne à l'origine de toute poésie.

C'est donc de 1936 à 1939 que nous pouvons situer l'âge d'or de l'objet surréaliste, qui se rapproche de l'objet dadaïste à la différence près que ce dernier eut toujours pour ses créateurs, j'en suis persuadé, un caractère de farce, tandis qu'André Breton était, dans sa conception même de l'humour, l'un des esprits les moins farceurs qu'il m'ait été donné de connaître. Sous sa direction et sous son inspiration, les objets du nouveau règne deviennent des métaphores symboliques, marquées par l'influence de la psychanalyse et introduites dans l'espace du concret à des fins de démonstration et de rire autant que d'égarement de la conscience.

Une certaine entente illuminatrice, un parallélisme spirituel allant jusqu'à la complicité, qu'il y eut entre Breton et Giacometti et sur lesquels le début de *L'Amour fou* lève suffisamment le rideau, me semblent avoir présidé à la création des objets que l'on doit au sculpteur tessinois. Ceux-là, dont les plus célèbre sont *La Boule suspendue* de 1930-1931 et l'*Objet désagréable à jeter* de 1932, ont un caractère déconcertant autant qu'inquiétant qui les rattache au climat onirique, celui des rêves de frustration et de persécution. La gratuité de leurs formes les distingue absolument des objets dada en les faisant surgir d'un monde tout irréel ou, si l'on préfère, surréel, Giacometti me paraît avoir été le premier des artistes surréalistes qui ait donné au problème de l'objet toute la sérieuse attention que méritait celui-ci, dans le cadre des préoccupations formulées par Breton, et à ce titre, par rapport aux autres membres du groupe, son rang est assurément initial. N'oublions pas non plus que nous avons affaire en sa personne à un sculpteur qui allait devenir, après sa séparation d'avec le surréalisme, l'un des plus éminents des temps modernes. Un peu postérieure, une autre de ses œuvres dont il fut fort question dans l'histoire du surréalisme, *L'Objet invisible*, de 1935, est liée par son titre à ce que je suis en train d'écrire, mais je ne fais que la citer car il s'agit là d'une statue, ou tout au moins d'une sculpture, bien plus que d'un objet.

Pareille restriction, d'ailleurs, intervient plus ou moins dès que nous allons chercher de véritables objets dans l'œuvre des artistes capitaux du surréalisme. Max Ernst, en qui je me permets de voir le peintre surréaliste par excellence et qui n'a jamais cessé de s'astreindre ou de se plaire à placer son œuvre sous le signe de l'antipeinture, quand il a voulu faire des objets, a fait plutôt des collages ; et le collage, très séduisant hybride du tableau, du bas-relief et de la mosaïque, appartient aux domaines de la peinture et à celui de la sculpture. Mis à part l'excellent *Mutilé et apatride*, de 1936, les objets de Jean Arp sont des sculptures avec prépondérance. Miró, lui, s'est toujours montré à l'aise dans l'espace à trois dimensions comme dans celui de la surface plane, et si la sculpture (le modelage céramique en particulier) l'attire presque autant que la peinture, il nous a donné en outre des objets surréalistes, qui sont parmi les plus heureux, les plus joyeux même, que l'on ait jamais inventés. *L'Objet poétique*, de 1935, et la *Jeune fille s'évadant*, de 1957, entre beaucoup d'autres, sont exemplaires de cette vertu d'humour qui importait tant à Breton. Chez Masson, chez Tanguy, chez Brauner, peintres d'abord, l'objet joue un rôle assez accessoire. Chose étonnante, il en est à peu près de même pour Magritte, dont tous les tableaux ou quasiment ont pour sujet une image objective d'esprit surréaliste, mais dont les objets, surtout des bouteilles peintes, nous semblent des reflets un peu pâles de l'œuvre picturale. Je voudrais en venir maintenant à trois artistes qui ne sont pas, à mon sentiment, des peintres capitaux dans l'histoire du surréalisme, mais dont capital est le rôle en matière d'invention et de production d'objets surréalistes : Hans Bellmer, Salvador Dalí, Meret Oppenheim.

Du premier de ceux-là, les œuvres vers lesquelles, tout de suite, va notre pensée, sont les *poupées*, depuis la première, berlinoise, de 1934, jusqu'à ses sœurs récentes. Les poupées de Bellmer ne sont nullement des sculptures; ce sont des objets au sens le plus étroit du mot, et, curieusement, c'est elles que nous voyons inspirer et commander les plus troublants dessins et gravures de l'artiste. Par le moyen de leurs éléments interchangeables, ces poupées se prêtent à une sorte de perversion intellectuelle qui est un jeu d'anagramme du corps féminin, tel corps, celui de la poupée, étant considéré comme un mot ou une phrase dont les lettres constitutives sont les mobiles parties charnelles. L'humour et la cruauté font aigrette aux deux pôles du jeu, qui est organisé comme une philosophie d'une acuité méticuleuse. Cette vertu d'humour, dont j'ai parlé déjà et dont c'est ici le lieu de souligner que sa magnificence fut mise en lumière par Breton au début de la dernière guerre mondiale, est de tendance nettement sadique chez Bellmer, tandis qu'elle nous semble plutôt masochiste chez Giacometti. Un autre objet de Bellmer qui m'est cher par sa belle structure autant que par son titre est la *Mitrailleuse en état de grâce*, de 1937. Dérivation de la *poupée*, sans doute, mais qui par l'intermédiaire de la génuflexion féroce de la mante religieuse introduit un parallèle entre la passivité de la femme (épouse, amante) et l'activité de la bête et de l'arme meurtrières. Salvador Dalí, vers 1931, entreprit avec André Breton de produire et de mettre en circulation des *objets à fonctionnement symbolique* susceptibles de dérouter l'homme de son banal chemin par le choc d'une sorte de révélation saugrenue; tentative nourrie par les enseignements de Sigmund Freud, desquels le surréalisme avait compris quelle portée révolutionnaire il se pouvait tirer en les épanouissant hors du domaine strictement médical. Le génie morphologique de Dalí et son pharamineux humour devaient faire merveille sur cette voie, que sa rupture avec le surréalisme ne l'empêcha pas de parcourir longtemps encore avec bonheur. La plus sensationnelle attraction de l'exposition de 1938 n'était-elle pas son inquiétant *Taxi pluvieux*? Sa *Vénus aux tiroirs*, ses *Montres molles*, ses *Téléphones homards*, son *Divan bouche de Mae West*, ne sont-ils pas dans la mémoire de chacun de nous? Sans doute. Remarquons cependant que pareils objets, qui sont des calembours morphologiques, sont élevés souvent par leur symbolisme jusqu'au rang de la métaphore poétique, et qu'ils se confondent avec les images de la poésie surréaliste. Les objets de Dalí fraternisent avec les images de Péret, c'est le meilleur compliment que nous puissions adresser à l'un et à l'autre... Quant à Meret Oppenheim, dont l'œuvre entière est farouchement originale, son haut prestige dans l'histoire du surréalisme tient surtout au rôle d'éleveuse ou de bergère d'objets qu'elle tient depuis presque quarante ans avec un souverain bonheur. Son *Déjeuner en fourrure*, de 1936, a laissé en nous une sorte d'image hypnagogique. Je veux dire qu'en fermant les yeux nous le revoyons avec autant de facilité que les visages de Hitler ou de Staline; comparaison dont auprès de Meret je m'empresse de m'excuser... *Ma gouvernante*, objet de 1936, après avoir été détruit par la jalousie charitable de Marie-Berthe Ernst qui avait donné à une mendiante la paire de souliers qui le composait, fut reconstitué en 1967. *Le Couple*, de 1956, est son parent proche. *Le Démon à tête d'animal*, de 1961, dans un autre genre, ou encore *Octavie*, terrible scie narquoise qui habita quelque temps chez moi et par miracle ne blessa personne, sont des réussites aussi impeccables. L'humour de Meret, sans doute, ressemble à celui de Man Ray, qui lui donna peut-être le premier élan, mais il présente aussi une tendresse épineuse qui est caractéristiquement de Suisse alémanique et qui apparente l'artiste à Urs Graf et à Manuel Deutsch, les peintres lansquenets du XVIe siècle. De Man Ray, puisque je viens de reparler de lui, j'ajouterai que son œuvre « objective » s'est prolongée bien au-delà de dada et qu'il n'a cessé d'enrichir l'arsenal surréaliste jusqu'à ces dernières années. Et je retournerai à l'âge d'or, nostalgiquement, une dernière fois, pour évoquer Maurice Henry avec son superbe *Hommage à Paganini*, de 1936, et Kurt Seligmann, peintre au demeurant oubliable mais dont *L'Ultrameuble* et la *Cage aux mains de feux follets*, de 1938, demeurent en notre rêve.

Tous ces beaux objets auraient dû être frappés de stérilité. Le malheur est qu'ils ont pullulé, au contraire, et que d'eux est issue la part la plus ennuyeuse, la plus déchue déjà, de l'art contemporain, qui sans reconnaître sa dette exploite le surréalisme comme un inépuisable filon. Avec l'agrément de leurs auteurs vieillis, hélas, des financiers avisés, des industriels de Milan, ont réédité, multiplié, les provocantes trouvailles du passé. Alors la chose que l'on voudrait active et encore efficace est la canne d'André Breton, celle qui s'abattit sur les dadaïstes quelque peu usagés du « Cœur à gaz ? »... « Quel homme ! » me dit un jour avec admiration l'une des victimes, le très sympathique Pierre de Massot. « Quelle force il avait ! Il m'a cassé le bras d'un seul coup ! »

Lit-cage

Max Ernst m'a dit une fois : « Mon idée a toujours été que la peinture doit être le lit de noces du mariage de l'esprit avec la sensualité. » Obligatoirement, cette phrase me revient à l'esprit, s'impose comme si elle était écrite au phosphore et que je la lisais aujourd'hui que, dans son vieil âge, Max nous montre de ses œuvres l'une des plus récentes qui est un considérable objet, un meuble, ou, veut-on, une sculpture, qu'il intitula *Lit-cage* et dont le rôle essentiel est d'être un appareil à rêver. N'est-il pas curieux que le surréalisme, au temps de sa belle jeunesse et de son activité la plus vive et la plus originale, c'est-à-dire avant la guerre, n'ait pas donné beaucoup plus d'importance au lit ? Je m'en suis souvent étonné, quant à moi, qui appartient à ce peuple d'hommes et de femmes bien plus nombreux qu'on ne croirait pour lesquels il est un lieu idéal où s'est passé, se passe et se passera le meilleur et le plus important de leur vie, une sorte de petite patrie tout à fait internationale cependant, une île heureuse qui se nomme « lit ». Ici nous rendrons un rapide hommage au sympathique Cubain, Lafargue, l'auteur de ce *Droit à la paresse* que l'on vend encore aux abords des métingues et qui ouvre les portes du plus généreux des socialismes. Rapide, oui, car Oblomov, l'un des héros préférés du peintre de Cadaquès, n'est exemplaire que du point de vue d'un humour assez médiocre. Tout au contraire de la commune opinion, essayons d'effacer le vieux cliché qui figure dans le lit le support du repos, le meuble du paresseux, l'invitation à la paresse. Selon une optique accommodée aux enseignements du romantisme et à ceux du surréalisme, le lit, où se font les rêves et l'amour et où surgit souvent la première inspiration d'un poème, pourrait prendre l'aspect d'une centrale d'énergie. C'est en tout cas le sens que je donnerai au grand objet conçu par Max Ernst, et c'est la raison de l'importance que je lui prête dans une observation plus juste et plus aiguë des rapports de l'homme avec son espace personnel et des attitudes qui lui sont proposées par la vie.

Combien n'a-t-on pas surestimé la posture verticale, qui, selon les commentateurs des époques et des civilisations les plus diverses, prouverait ou bien révélerait la supériorité de l'homme sur les autres êtres vivants ! L'homme vertical témoignerait de sa création par un démiurge lui aussi vertical. L'on sait que des lions ou des léopards ont souvent été figurés, en blason, debout sur leurs pattes de derrière, pour exprimer les vertus hautement viriles de certaines familles, telles que celle qui porte la couronne du Royaume-Uni et dont les curieux représentants nous ont parfois semblé sortir de tableaux de Magritte... En réalité, la station verticale, que l'on observe chez plusieurs grands singes, chez les kangourous dressés, chez une petite souris à trompe, n'est en aucune façon le privilège de l'espèce humaine ; la plupart des oiseaux l'adoptent en posture de repos, tandis que leur posture d'activité, celle du vol, est horizontale à la manière de celle que prend spontanément l'homme dans le milieu de l'eau qui le met à la nage. La bipédie, qui n'a pas manqué d'être associée à la station debout en tant que témoignage d'essence supérieure, est le propre des oiseaux plus encore que celui des humains, auxquels ne restera, finalement, pour se distinguer, que la ligne droite de leur colonne vertébrale. Mais j'ai dit que le rêve, l'inspiration créatrice et l'amour siégeaient primordialement chez l'homme en station horizontale ; de cette station-là, le lieu d'élection se nomme lit. A propos des rois ou des reines, dont il fut question, ajouterai-je que ceux-là n'accèdent à une majesté véritable qu'à plat, taillés dans la pierre, en position de gisants, sur le couvercle de leurs tombeaux ? Oui. Et l'homme qui veut accéder à quelque souveraineté se fera gisant tout vif, sans désir de sommeil, sinon pour être transporté sous l'effet d'un songe mémorable.

Douce insomnie où les idées affluent, charmant demi-sommeil où l'on peut observer son rêve comme sur une scène de théâtre ou un écran et tenter de le diriger suivant la méthode du marquis d'Hervey-Saint-Denys, le lit, celui de Max Ernst en particulier, est fait pour vous accueillir. Tous ces gens qui ne voudraient qu'être debout, éveillés et remuant le plus grand nombre d'heures qui se puisse et sommeiller profondément ensuite pour recharger leurs capacités d'agitation par le moyen d'une courte mais complète inconscience, que ne se jettent-ils sur le sol, roulés dans une couverture ou enfouis dans un sac de couchage, au besoin, pour se protéger du froid ? Les cachets et les comprimés sinistres qu'ils absorbent, ou les sales suppositoires dont ils se farcissent, pour se procurer illico cette bienheureuse inconscience à laquelle ils aspirent, les empêcheraient de souffrir ou même de s'apercevoir de la dureté du plan qu'ils auraient donné pour soutien à leur corps. Il ne manque pas d'hommes et de femmes, par bonheur, qui se couchent par goût d'être couchés et qui jamais ne se plaignent d'être au lit sans arriver à s'endormir. Des couples d'amants, bien entendu, et même des solitaires. Ceux-là sont les vrais amateurs et les dévots du lit, les partisans convaincus de l'excellence de la vie en position horizontale. Déjà j'ai laissé entendre que je pensais que la plupart des poètes, quoique sur ce sujet ils restent assez discrets, travaillaient au lit plus et mieux qu'à leur table ? Dans une sorte de yoga aussi, sans aucune nécessité d'acrobatie ou de gymnastique fastidieuse, en parfaite immobilité au contraire, dès que l'on contrôle et ralentit sa respiration, l'on parvient, étendu, à projeter sa pensée loin devant soi et à la suivre comme une pensée indépendante et étrangère, tandis que l'on se sent à peine dans son propre corps, qui s'est affranchi de la pesanteur au point que la pression du matelas est devenue imperceptible. Comme sous l'influence d'un hallucinogène immatériel. Alors la pensée, en vérité, se fait rêve, lisible, visible et mémorable. Inspiration, suis-je tenté de dire, sinon dans la totalité souhaitée, au moins dans une part fort grande et bien efficace. Les mystiques, autant que les poètes, connaissent ce phénomène, qui à mon sentiment et selon mon expérience ne saurait trouver un terrain plus favorable à son développement que le lit. Et je voudrais redire ou souligner qu'il y a là prise de conscience en profondeur plutôt qu'abandon de soi à l'inconscience. Peu différemment, les communications télépathiques entre l'homme et la femme, qui couchent habituellement l'un à côté de l'autre, sont innombrables et merveilleuses dans le sommeil et dans le rêve comme à l'état de veille. Tous les amants, plus ou moins, savent cela, qui me pousse à ajouter que les lits séparés, les tristes lits jumeaux, où la communication moins aisément s'établit, ne sont pas des lits d'amants.

« Le lit nuptial était consacré aux génies des ancêtres; d'où son nom de lit *génial* », nous dit Marie-Madeleine Davy. Rappelons-nous que le lit est traditionnellement le lieu de la naissance de la créature humaine, le lieu de la défloration de la jeune fille et le lieu de la conception, le lieu de la mort après avoir été celui de l'amour; il est donc le point de rencontre des mystères essentiels de la vie, ce qui lui confère un caractère sacré, comme à une sorte d'autel sur lequel chacun de ces mystères est célébré tour à tour. Quant au songe, qui a été considéré souvent, notamment dans l'optique du romantisme, comme une espèce de « seconde vie » ou de vie parallèle, c'est à partir du lit qu'il se développe au-dessus ou autour du dormant. N'en voilà-t-il pas assez pour conclure que tout le plus important de l'existence d'un homme ou d'une femme se passe sur la couche, et que l'agitation de ceux qui sont sur pied a quelque chose d'un peu frivole, ou même de vain, en comparaison ? Sans doute. Un proverbe aussi, dont la signification est plus vaste que le sens littéral, illustre mon propos en affirmant que « l'on est plus couché que debout ». Je n'aurais pas été fâché que Max Ernst, au lieu de l'appeler modestement *Lit-cage*, ait donné le titre de *Lit génial* à son grand objet. Les génies auxquels il aurait été consacré, au lieu d'être ceux de problématiques ancêtres, eussent été ceux du songe ou de la rêverie qui se font caressants pour bercer l'homme qui s'est étendu et pour le charmer de visions qui sont d'autant moins mensongères qu'elles naissent au plus profond de lui-même. Génies de la nuit illimitée, ils se confondent avec un génie unique qui est spécifiquement romantique et qui est celui de la nature.

« J'ai toujours eu un amour immense pour la nature, qui est la seule chose au monde que j'ai respectée », m'a dit Max Ernst, un jour qu'il était en humeur de confidence. Telle déclaration, qui effrayera des esprits timides et qui est assez formidable en effet si on la prend au sérieux, comme je suis certain qu'il faut la prendre, est de tous les propos de Max Ernst l'un des plus révélateurs sur son œuvre et sur lui-même. Ce qui est « humain, trop humain », Max l'a traité généralement avec un humour plus ou moins agressif, à l'exception de l'amour, qu'il me paraît considérer comme une catégorie naturelle plutôt que (selon la conception surréaliste) surnaturelle. Mais l'univers dans lequel nous vivons aujourd'hui présente au regard de l'observateur diurne et debout un recul de la nature accentué sans cesse devant la pullulation des hommes et la prolifération de leur industrie, tandis que l'observateur nocturne, mollement couché sur l'île flottante de son lit, demeure en communication avec une nature indifférente à l'actualité ; il entend d'elle les voix qu'ont entendues les poètes de tous les temps et qu'elle s'offrait sans doute le luxe de faire résonner en des époques où il n'y avait point d'hommes pour les écouter ; il reçoit d'elle des images qui sont fantastiques autant qu'elles sont véridiques.

C'est ici l'endroit, je pense, de rapporter quelques autres phrases que Max Ernst m'a dites et où il s'exprimait à la manière d'Albert le Grand, de Corneille Agrippa ou de Paracelse, trois Rhénans des anciens temps comme il est un Rhénan des temps modernes : « Les images sont des signes. Quand un signe signifie, alors il devient image. L'image apparaît comme la pierre précieuse ou le trésor souterrain sous les pioches des mineurs. « Pareils mineurs, évidemment, frères des gnomes et des salamandres, nous rappellent tout ce que le romantisme allemand hérita du système élémentaire des kabbalistes. Mais l'essentiel n'est pas là. Il est dans la présence et dans l'illustration de la nuit souterraine, qui est par rapport à la nuit céleste comme ce qui est en bas est par rapport à ce qui est en haut, rapport d'égalité, bien entendu, sinon même d'identité. Sur cette nuit de sous la terre et du haut des airs, espace fantasmagorique vers lequel nous ramènent presque tous les tableaux du peintre, flotte le *Lit-cage* de Max Ernst.

Si j'insiste sur ce caractère « flottant », c'est parce qu'il m'a beaucoup frappé à première vue du bel objet dont Max Ernst a façonné la maquette et qui sera reproduit à quelques exemplaires, à l'intention de quelques heureux usagers. Il s'agit, me semble-t-il, d'une sorte d'arche, ou plus modestement de radeau ou de planche de salut, où l'on s'embarquera pour le solennel « lâchez tout » prononcé par les forces de la nuit, avant cette entrée des rêves dont on ne sait jamais si elle ressemblera plutôt à l'entrée des clowns à Médrano ou à l'irruption des fauves dans un cirque de la Rome impériale. Les barreaux du lit, quoiqu'ils soient dérivés manifestement de ceux des jolies *Cages*, collages où Max enfermait hier encore un astre peint avec une plume de dinde, ressemblent fort à ceux des bastingages d'un navire. A droite et à gauche (j'allais écrire à bâbord et à tribord), une trappe ouvrable donne accès à un coffre où l'on pourra mettre des provisions pour la traversée et qui contient une lampe de chevet, un téléphone et les boutons de commande de haut-parleurs qui diffuseront de la musique à volonté. Une branche feuillue, reproduite en métal, dans les barreaux du côté des pieds, est assez symbolique de la persistance du règne végétal à l'intérieur de l'arche ; quant au règne animal, il est luxueusement représenté par une couverture de fourrure au décor d'un couple d'oiseaux, figuré par des peaux de visons de couleur foncée et de couleur claire.

Sans que cela soit très important, je rappellerai que s'ajoute au lit un paravent à trois volets, qui reproduit, par le truchement de lithographies sur soie, une peinture de Max Ernst exécutée en 1965 : *Le Grand Ignorant*. Ce meuble de surcroît peut avoir le rôle de définir l'espace dans lequel sera placé le lit, espace dont il n'est pas dit que ce soit celui d'une chambre ni qu'il soit clos de murs. Il peut aussi servir d'isoloir, en dressant un plan pictural où se fixera la méditation avant que ne prenne son élan la rêverie.

Bien plus importante me paraît la fonction de deux miroirs ronds que l'on dirait astraux et qui sont fixés l'un en face de l'autre, entre les barreaux du lit, le plus petit sur la branche feuillue, le plus grand derrière la tête de la personne étendue. Ces miroirs, dont le dos est revêtu d'une lithographie sur soie au décor d'une céleste sphère, sont orientables, de sorte qu'ils peuvent se renvoyer infiniment une image ou bien la renvoyer au regard de l'observateur, sur lequel ils sont capables aussi de concentrer des influx lumineux ou de telle autre nature, magnétique, par exemple, que l'on voudra l'imaginer. Par leur dualisme et par leur opposition, ils se présentent comme les deux luminaires principaux du ciel de l'alchimie et de l'astrologie, c'est-à-dire comme les souverains de la nature universelle où le destin de l'homme est en puissance. Qu'ils soient, par le moyen du songe, des supports de voyance, cela n'est pas invraisemblable et je pense que Max Ernst n'y trouverait rien à redire. Dans leur singulière association, n'évoquent-ils pas une double boule de sorcière ? Il se pourrait également qu'une inclination calculée leur donne un pouvoir hypnotique dont l'usager du lit aura la surprise.

La cage à rêver de Max Ernst est tout le contraire d'une plaisanterie ; je ne serais pas étonné qu'elle se révélât le plus magique de tous les objets surréalistes.

1975.

Magritte à Bruxelles

Depuis le 15 août 1967, date (où s'entend comme un écho d'humour noir) de la mort de René Magritte, un peu plus de onze ans ont passé ; pourtant le visiteur de la grande rétrospective au palais des Beaux-Arts de Bruxelles avait l'impression que ce fut hier et que pour la première fois il lui était permis de contempler dans sa totale étendue l'œuvre la plus parfaite, peut-être, qui nous ait été laissée par un créateur d'images du siècle qui s'achève. Intentionnellement j'emploie le mot de perfection, car je crois que c'est à quelque chose de cet ordre que visait Magritte, qui avait autant de sûreté dans l'esprit et dans le regard que dans la main et qui me paraît n'avoir en rien manqué le but ou l'objectif qu'il s'était proposé. L'expression de « tableau parfait », d'ailleurs, est de celles dont il usait volontiers. Quant à cet objectif, difficile à atteindre parce que volontairement restreint, que j'ai dit, il est, dans l'essentiel, de rendre la pensée visible par le moyen de l'image peinte et il a dû se dessiner et se préciser rapidement au cours des premiers travaux de l'artiste. Ainsi, je pense, Magritte est-il devenu un peintre philosophe, ou, si l'on préfère, un philosophe qui s'exprime par la peinture. Philosophe contestataire et subversif, doué de l'humour le plus virulent, bien entendu. Louis Scutenaire, son ami de toujours et le plus sûr critique de son œuvre, insiste à raison sur ce point et rappelle que, d'après Suzi Gablik, la peinture représentait pour lui « la révolte permanente contre les lieux communs de l'existence ». Citons encore, malgré quelque tautologie, une phrase de Magritte : « L'écriture est une description invisible de la pensée et la peinture en est la description visible. » Puis retournons à Bruxelles...

Magritte étant né le 21 novembre 1898, ses travaux de jeunesse, assez fortement influencés par le cubisme, le futurisme, l'orphisme, sont bien représentés là par sept toiles, mais c'est la huitième, la *Baigneuse* de 1925, qui nous apporte la révélation d'un artiste de vingt-sept ans qui est déjà celui que nous aimons et ne cesserons pas d'aimer jusqu'à la fin de sa carrière. Cet artiste, d'ailleurs, vient de faire une découverte capitale qui n'est autre que celle de l'œuvre de Giorgio De Chirico, dont le choc, hautement bénéfique, en lui laissant le sentiment du mystère et l'appétit d'exprimer le mystère, va le marquer définitivement et l'orienter vers le surréalisme. Tous les tableaux de 1926, à commencer par le très singulier *Jockey perdu*, par la très métaphysique *Rencontre*, par l'énigmatique *Village mental*, témoignent de cette sorte d'initiation. Ce sont aussi, qu'il me soit permis de le redire, des tableaux parfaits. L'année suivante, à Paris, où il va demeurer pendant trois ans, Magritte fait connaissance avec André Breton. Tous deux resteront liés malgré diverses brouilles, dues surtout à des façons opposées de concevoir l'esprit révolutionnaire, et Breton respectera toujours en Magritte l'un des génies les plus absolument originaux de l'art moderne.

A partir de 1928, l'influence de De Chirico s'estompant sans que s'affaiblisse l'amour du mystère, les tableaux de Magritte deviennent de plus en plus différents de tout ce qui s'est fait ou se fait autour d'eux, et voici *Le Faux Miroir*, du musée de New York, toile extrêmement importante où dans un grand œil s'inscrit le ciel nuageux, c'est-à-dire tout ce qui pour l'homme correspond aux notions de flou, de profond et d'infini. Peut-être inspiré (je n'en suis pas sûr !) par une gravure de l'architecte Ledoux, ce tableau est un manifeste et une provocation, c'est le premier des multiples défis que le peintre philosophe ne cessera jamais d'adresser au spectateur « banal », qui n'est autre que le « bourgeois » des romantiques et de Flaubert. On va lui en faire voir, à celui-là, qui aujourd'hui se tait et admire ce qu'il a tant détesté naguère. On lui fit voir, par exemple, le *Viol* et *Le Modèle rouge* de 1935, qui dans leur réalisation impeccable sont des machines infernales... Quelques pas en arrière, cependant, me suffisent pour m'arrêter devant *Les Amants* de 1928, dont le caractère inquiétant et cruel nous montre un autre aspect du génie de Magritte, celui, peut-être, que je préfère et qui ne fera que s'accentuer par la suite. N'oublions pas un tableau célèbre et fulminant, *Au seuil de la liberté*, peint en 1930, orgueil du musée Boymans-Van Beuningen, à Rotterdam.

Entre 1939 et 1945, comme on sait (eût pu dire Magritte !), il y eut la guerre et l'on regardait le ciel entre des débris d'avions abattus. Le peintre travailla. Après quelques toiles inquiétantes, *Les Eaux profondes*, *Les Compagnons de la peur* (1942), *La Gravitation universelle* (1943), il produisit des images de bonheur et de sensualité, *La Vie heureuse* (1944), un nouveau *Viol*, *Le Brasier* (1945). C'est ce qu'on nomma, à cause d'une technique empruntée à l'impressionnisme, le « style Renoir », style qui dura jusqu'en 1946, avant de faire place, pour une brève période, à la « manière vache », représentée à Bruxelles par *Le Contenu pictural* de 1947, *La Famine* de 1948, entre autres exemples d'une brutalité picturale non dénuée de vertus...

Dès 1948, cependant, René Magritte revient à sa manière habituelle, qu'il ne cessera de polir et de perfectionner jusqu'à sa mort. Le merveilleux *Empire des lumières*, peint à plusieurs exemplaires, avec des variations de détail, en 1948, 1949, 1962, est une sorte de suprême accomplissement dans la représentation dialectique de ce qui semble au sens commun l'absurdité même, et je regrette que manque ici son pendant naturel, *Le Salon de Dieu*, de 1958. Au risque (ou par envie) de choquer un peu les magrittiens orthodoxes, j'écrirai que dans ces tableaux j'ai toujours été frappé par un étrange et profond idéalisme, qui de quelque façon est musical et que la dialectique hégélienne anime d'une espèce de vibration perpétuelle. Mais toutes les images en vérité prodigieuses que nous donna Magritte ne tirent-elles pas leur animation de pareil va-et-vient entre idéalisme et matérialisme ? Le fait est, en tout cas, qu'avançant dans l'œuvre de Magritte (et dans l'exposition de Bruxelles) on a l'impression de se trouver intrigué, inquiété, dérangé, contrarié, rebuté et moqué par des images qui, sans cesser d'être narquoises, acquièrent une douceur et même une suavité de plus en plus exquises. Il y a du démoniaque chez Magritte, comme dans Mozart !

Sur son élan, quêtant maintenant la surprise, le visiteur reste ébahi, tout de même, devant *Perspective* (un cercueil singeant la *Madame Récamier*, de David) de 1950 ; il s'arrête devant *Le Sorcier* (1951), *La Chambre d'écoute* (1952), *Golconde* (1953), *Les Origines du langage* (1955), *La Légende dorée* (1958) et s'étonne qu'à l'indignation ou au refus suscités dans son esprit naguère aient succédé la complicité, la sympathie. Prêt à se plaire aux bons tours d'un farceur, pourtant il se rappelle que *Les Vacances de Hegel*, que voilà, ont fasciné les intellectuels du monde entier. Avec *La Bataille de l'Argonne* (1958), *La Clef de verre* (1959), *Les Cornes du désir* (1959-1960), *Un peu de l'âme des bandits*, le terrorisme de Magritte a repris le dessus ; alors il s'offre le luxe de s'élever au point sublime de son charme avec *La Corde sensible*, coupe de champagne débordant d'un mousseux nuage dans le bleu clair et le vert clair d'un ravissant paysage. *Le Beau monde* (1962), *La Lunette d'approche* (1963), *Quand l'heure sonnera* (1964), *L'Aimable vérité* (1966) sont autant de chefs-d'œuvre (oui, le mot s'impose !) qui nous conduisent jusqu'à *Les Belles Relations*, de 1967, toile sur laquelle s'achèvent la carrière et la vie d'un peintre que je voudrais faire aimer comme je l'aime... Parmi les gouaches qui complètent l'exposition, je citerai au moins l'effrayante *Gâcheuse* de 1935 et le *Raminagrobis* de 1946.

Aucune espèce de symbolisme, cela va de soi, dans les détournements, les paradoxes, les contrastes et les contradictions mis en images par Magritte. « Les images sont insoutenables », écrit Bernard Noël, dans son excellent petit livre sur Magritte, et il ajoute : « La pensée visible change en elle-même le texte du monde, et l'étant devenue s'y perd. » Pareillement je pense que Magritte est un gouffre, ou tout au moins qu'il n'a vécu et œuvré que pour ouvrir un gouffre devant nous. En acceptant d'y tomber, ou en nous y jetant, par la vertu de la puissante image, c'est tout le contraire de notre perdition que nous y trouverons.

1978.

W. Lam !

Tout d'abord, à propos de Lam, faut-il rappeler que ce peintre que j'aime et que j'admire d'un si franc mouvement est né à Sagua La Grande, dans l'île de Cuba, le 8 décembre 1902, sous le signe du Sagittaire ? Il me semble que oui. Car la question que l'on voudrait poser à tous ceux que rassemblera demain une nouvelle exposition de Wifredo Lam est la suivante : « Avez-vous jamais vu une peinture aussi fléchante et aussi fléchée que celle de cet homme ? » Comme en réponse, la sagittaire, au féminin alors, dite aussi fléchière ou flèche d'eau, est une jolie plante qui paraît tirer à l'arc ses feuilles vers la bouche des pouliches attirées par leur saveur de sucre ; plante qui pourrait être consacrée à Lam par un beau génitif latin sur la page d'un ancien herbier ; plante dont on ferait volontiers hommage à celui qui par excellence est le peintre de la nature fantastique dans l'époque moderne.

Les plus grands peintres de tous les temps ont eu la volonté de se faire, sinon les égaux du Créateur ou ses émules, ce qui eût été déchoir de leurs hautes assises, au moins créateurs de mondes qui leur appartinssent proprement et qui fussent capables d'être opposés comme autant de défis à la splendeur naturelle de la terre où nous séjournons. Récemment, je ne vois guère plus de trois artistes dont l'œuvre réponde en toute plénitude à tel vœu de création universelle. Ceux-là sont Picasso, Ernst et Lam, encore que le vaste génie du premier ait été tourné surtout vers l'humanisme, tandis que c'est au second et au troisième, surréalistes l'un et l'autre, que sans restriction convient le mot de naturalisme, mot superbe et que je voudrais nettoyer de la signification vulgaire dont l'ont affublé l'histoire de l'art et celle de la littérature. Naturaliste avec une sorte de splendeur fauve est Wifredo Lam, qui en un demi-siècle de peinture n'a cessé de mettre au monde des plantes, des bêtes, des hommes, des démons et des dieux (ou, si l'on préfère, des créatures tout à la fois végétales, animales, humaines, démoniaques et divines, créatures qui déchirent ou qui sont déchirées selon la bonne règle d'un univers naturel). Quant au point de savoir si les hommes, les démons et les dieux font vraiment partie de la nature, il me paraît que les ethnologues confirment ce dont Lam a donné témoignage. Que cette faune et que cette flore soient fantastiques, nul n'en doutera, je pense, qui une fois se sera trouvé devant des œuvres de Lam, et je pense aussi que chacun aura ressenti là une émotion, craintive ou joyeuse, que ne sauraient procurer les falsifications du bizarre qui ont si tristement cours aujourd'hui. Un exemple, à tel point de vue, suffira, celui de Jérôme Bosch, qui de tous les artistes de jadis est peut-être le plus plagié, le plus pillé, dans notre époque, par les usagers d'un surréalisme factice. Eh bien, l'œuvre de Lam est de plain-pied avec celle de Bosch tout spontanément, cela saute aux yeux, et cependant rien ne s'aperçoit en elle qui ressemble à une imitation ou à une utilisation. Le contact ou la communication sont ici fraternels, ils tiennent à une parenté dans la conception d'un univers merveilleux et parodique où les valeurs reconnues sont renversées exprès, où la cruauté a force de loi sans étouffer une sorte de chant d'amour, où la pulsion du sang et la montée de la sève sont poussées comme on pousse la vapeur, où les mouvements et les effets sont accélérés et augmentés. Un univers, en somme, qui vous met en garde à proportion de son charme. Un univers qui est parent proche de tout ce qu'engendre la nature tropicale, sans doute ; mais il faut reconnaître que Lam, qui doit beaucoup aux tropiques, les dépasse de très loin dans l'invention de ses formes particulières, et qu'il serait encore plus insuffisant de vouloir l'expliquer par là que d'expliquer Picasso uniquement par l'Espagne.

Ce nom de Picasso, qui revient souvent, inévitablement, dès que l'on veut parler de Wifredo Lam, qu'il me serve au moins à bien marquer l'essentiel : qui est que Lam est peintre avant toute chose, et que nul ne se trouve, parmi tous les artistes issus du groupe surréaliste, qui peigne ou qui ait peint mieux que lui. L'usage qu'il fait des terres, du brun foncé à l'ocre clair, à côté de certains verts sonores et stridents comme des cris d'aras, est enchanteur à l'égard de tout œil éduqué à la passion de la peinture, et ses noirs comme ses blancs, jamais prodigués mais employés avec autant de justesse que des armes, ont une efficacité à laquelle on n'échappe pas. Assez souvent, les tons de cette peinture évoquent ceux des maîtres de l'ancienne école espagnole, et il se pourrait que ce soit là ce qui avait fait impression sur Picasso, avant 1939, au point de lui montrer dans le jeune Cubain une sorte d'héritier, de « dauphin » présomptif. Dans cette période d'avant-guerre, comme au début de ses années de réfugié ou d'exilé, aux Antilles et aux États-Unis où s'était reconstitué autour de Breton un semblant de groupe surréaliste, Lam peignit de très grandes gouaches dont les couleurs de fresques autant que l'inspiration violemment poétique nous frappent de stupeur quand il nous arrive de rencontrer l'une d'elles aujourd'hui. Et le grand tableau de *La Jungle*, que Lam composa sur le sol du

Nouveau Continent et qui eut la bonne et rare fortune de scandaliser un public pourtant assez blasé quand il fut exposé à New York en 1943, nous fait entendre autant que voir un appel à toutes sortes de révoltes dont quelques-unes seulement ont trouvé leur accomplissement dans les trente ans que nous avons vécus depuis lors. Il est presque inutile de préciser que c'est à la fleur admirable et glorieuse de la révolution castriste que je pense, fleur dont l'art de Wifredo Lam me paraît s'être fait depuis longtemps l'annonciateur. Non sans une juste colère, comme il seyait, et avec ce furieux humour où Picasso s'était reconnu un peu... Mais il faut être allé à La Havane pour comprendre la nature véritable de l'esprit de Lam, qui est exemplaire de celui qui souffle dans la grande île des Caraïbes, où rien ne se fait, rien ne se passe, qui ne soit motivé par l'amour et joyeusement souligné par l'humour. Point n'est besoin de chercher ailleurs les raisons de la prodigieuse jeunesse de l'art et de la personne de notre ami Wifredo Lam, qui paraît avoir quarante ans quand il est tout près d'en avoir soixante-douze. Concluons donc en italien, par le cri ou par le graffito qui s'impose : W. Lam ! Vive Lam !

1979.

Terre érotique

Quand de la Costa Brava, où dès le printemps de 1936, à Tossa de Mar, auprès de Georges Bataille, André Masson traçait les premiers dessins d'une longue série qui se peut dire panique autant que dionysiaque, on prend le chemin de la montagne, bientôt l'on arrive dans une zone élevée où la végétation rabougrie semble manquer de vie en comparaison de la pierre. Sur le Montserrat et dans des environs, la terre, littéralement, bande en plein ciel. Ce dernier est bas en général, avec un air de mollesse qui tient aux nuages, et sur les pitons de roche de couleur ocrée ou grise, il traîne comme le ventre ou les mamelles d'une géante qui jouerait à dominer son amant et à le caresser d'appas massifs. Au sommet de cette sorte de gland minéral est un couvent. Des moines vont et viennent, catalans, espagnols, qui lancent des œillades de faunes aux touristes étrangères.

Sans avoir là-dessus consulté André Masson, je ne crois pas me tromper en écrivant que le beau titre de *Terre érotique*, qu'il a donné à ses dessins d'inspiration sexuelle, est un souvenir de ses excursions au Montserrat, dont la haute silhouette se profile plusieurs fois dans les illustrations de la revue *Acéphale* en date de 1936. La terre n'est peut-être pas autre chose qu'un ange immense, pensait Swedenborg. En serait-il ainsi, le catalogue des parties sexuelles de cet ange singulier ne pourrait trouver place que dans les vastes locaux de la bibliothèque de Babel, et sous la direction d'André Masson des milliers d'artistes devraient travailler à le dresser !

Ce n'est pas un effet du hasard qu'ait glissé de ma plume sur ma page le nom du philosophe suédois, car, sur les dessins qui sont à présent sous mes yeux, le priapisme est si manifestement enraciné dans un fond mystique que s'impose à nouveau pour en rendre compte la formule employée à propos du paysage du Montserrat. Que bander en plein ciel soit une opération mystique, la plus haute, peut-être, que puisse tenter l'homme, nul Oriental, je crois, n'y contredirait. Du côté de l'Occident, je ne trouve qu'André Masson qui ait été capable de voir cela dans une clarté de soleil à pic et de l'exprimer avec vigueur à jeter bas les vieilles églises de la faute et de la honte sexuelle. Raison suffisante (entre tant d'autres) pour aimer et pour glorifier sa pensée superbe et le geste éclatant de sa main.

Priape ne hante pas beaucoup le monde un peu sournois de l'érotisme contemporain, et le moins qu'on puisse dire, à tel sujet, est qu'en la surabondante production des écrits et des images que l'on sait l'absence se fait sentir fâcheusement du dieu qui selon la plupart des traditions antiques aurait été le fruit de l'union d'Aphrodite avec Dionysos, ou qui, si l'on en croit plutôt Diodore, serait de par Isis la déification du sexe d'Osiris. C'est que l'érotisme contemporain craint la grande nature et se nourrit d'artifice, tandis que Priape est aussi royalement naturel que la ruée du taureau ou que l'épanouissement de la rose.

L'érotisme d'André Masson est priapique par essence et par principe ; il est, vigoureusement, brutalement même, le fait du mâle ; il est inséparable de ces phénomènes naturels que sont la montée de la sève et le roidissement de la chair ; il est solitaire et franc comme tout ce qui se fait seulement à la lumière du jour. Les bords de la Méditerranée ou le Mexique lui sont proches, autant que lui sont lointains les atmosphères brouillées de Berlin ou de Londres. Ainsi considéré, l'érotisme de Masson fait face à celui de Bellmer comme midi à minuit et comme un pôle au pôle contraire. N'est-il pas merveilleux de constater que ces pôles opposés sont reliés cependant par une sorte de champ magnétique intermédiaire, qui n'est autre que la pensée passionnée de Georges Bataille ?

Dieu, principe ou symbole, donc Priape est foncièrement naturel, et s'il peut devenir choquant, voire subversif, c'est à proportion de ce que les sociétés dans lesquelles il surgit, révélé souvent par une main d'artiste, se sont éloignées de la nature. Chez nous, dans un monde livré partout à l'industrie et voué sans recours à l'artifice, avant qu'aux approches de l'inquiétant dernier quart du XXe siècle un relâchement vraisemblablement provisoire des censures sexuelles soit venu témoigner d'une aspiration qui est la dernière forme prise par la nostalgie de la nature perdue, il n'est pas très surprenant que les images priapiques d'André Masson, malgré le haut renom du peintre, aient souffert quelques persécutions.

Les plus récentes se confondent avec l'interdiction, puis avec la mutilation autoritaire, d'un beau film de court métrage que Nelly Kaplan avait composé sur les dessins que l'on trouvera dans ce recueil et qu'elle avait intitulé : *A la source, la femme aimée*. Le texte parlé de ce film étant fait de phrases du peintre, j'en citerai quelques-unes :

> Un peintre surréaliste ne peut s'exclure du domaine de la sexualité. Son champ est l'amour nu, véridique... et ses fantasmes...

> Paysages fantastiques, originels, démoniaques...

Les corps se mêlent à tous les souffles de la nature...

Toutes choses, et jusqu'au mobilier, vont se joindre au vertige d'Éros...

Sade, Justine, le château de la Coste et ses fantômes insatiables... Les massacres...

L'humour n'est pas exclu...

Ici laissons parler Goethe :
« Priape, je n'ai rien à craindre des voleurs ;
Que chacun prenne et goûte à loisir ;
Surveille uniquement les impuissants et les tartuffes. »

Telles phrases, me semble-t-il, viennent appuyer ce que j'ai déjà dit, en lui apportant un supplément d'éclairage qui fait bien sortir de l'ombre les beaux corps blancs caressés et tourmentés par le pinceau leste ou par la plume d'André Masson.

A l'artiste, cette série de dessins appartient comme son propre sang. Elle correspond à son rêve intime de plus près, peut-être, qu'un grand nombre de tableaux qui le rendirent célèbre. Rien, cependant, n'étant totalement dépourvu de parenté, nous saluerons d'un coup d'œil au moins quelques hommes qui sont allés plus ou moins loin sur la même voie, dans le passé ou dans l'époque actuelle.

Volontiers, André Masson se réfère à Poussin, dont maints tableaux possèdent une charge érotique de force à faire sauter un musée et dont quelque dessin blessa tant la pudeur des autorités que celles-là le firent disparaître d'une exposition au musée du Louvre, expurgèrent même le catalogue de reproduction qui le montrait ! Dans la manière de certains lavis du présent recueil, le voyeur se réjouira de trouver un hommage assez évident à ce Poussin scandaleux, auquel il serait injuste de ne pas adjoindre le non moins princièrement licencieux Giulio Romano, qui illustra (avant Masson) l'Arétin, et qui peignit à Mantoue quelque nymphe jointe à un dieu bien fourni. Quant aux maîtres japonais du XVIIIe siècle, que les voyeurs avertis ne manqueront pas d'évoquer, la comparaison, si elle s'impose au premier abord, n'en est pas moins discutable. En effet, si le trait de Masson, souvent, rappelle celui de ceux-là (même imprimé par un bois gravé), si par l'humour et la fantaisie avec lesquels Masson représente les organes sexuels féminins (cavernes anfractueuses, calices floraux, coquillages) et masculins (moignons de souches ou de racines, champignons, poissons), il se rapproche d'eux et ne cache pas qu'il connaît bien leurs travaux, cependant nous nous souviendrons que l'érotisme des Japonais est de signe lunaire avec prépondérance, et que chez plusieurs d'entre eux (le grand Utamaro, notamment) le plaisir de la femme est rendu avec tant d'amour que l'homme tend à n'être plus qu'une machine à faire jouir. Récemment, c'est à Picasso, une fois de plus, qu'il convient de rendre grâce pour s'être fait éclaireur et explorateur sur le terrain mal famé où Masson nous emmène. L'un et l'autre sont frères par l'empressement qu'ils ont à brûler le jeu sexuel sous un rayonnement solaire tel que le plaisir et le désir même vont en cendres sans aucun délai, et puis par le souci d'une domination virile qui ne laisse à la femme que la complicité dans la soumission ou la souffrance d'affreux outrages. Mais si le peintre andalou, dans ses dessins ou ses lavis érotiques, nous semble plus sensuel, Masson, en revanche, nous montre plus de philosophie, au sens où Sade se voulait philosophe. Et par là, dans son mystique élan, il aboutit sur un domaine intermédiaire entre le moral et le métaphysique. C'est de Sade, assurément, puis de son ami Georges Bataille, qu'André Masson tient la confirmation des affinités multiples qui se trouvent entre le sexe et la mort, affinités qui donnaient leur sens aux anciens rites dionysiaques, comme elles font, aujourd'hui encore, à l'égard du cérémonial de la corrida. Le meurtre n'est-il pas à l'image de l'acte par lequel la vie est donnée, et réciproquement?

Dans le présent recueil, un dessin, surtout, m'enchante. C'est celui où le sexe féminin (entrouvert, humide) fait face au sexe viril (dur, dressé) dans une sorte de paysage cosmique où les corps sont réduits à quatre cuisses élémentaires et où les visages sont retranchés.

La tension, là, est telle qu'elle se suffit à elle-même, et que le voyeur n'espère ou n'appréhende aucune communication. Représentation idéale du double principe qui est le support de la vie universelle, représentation aussi de la fragilité de cette vie dont nous participons et dont l'équilibre est précaire, puisque, de toute évidence, cela est trop beau pour durer... Mais la beauté de cela même est héroïque, musicale, merveilleuse, et dans le mystère de la confrontation des sexes, le féminin à ras de la terre maternelle, le masculin haut en l'air, selon la loi, si je me plais à introduire encore une fois le nom de Georges Bataille, c'est afin de faire bien entendre à quel point l'art d'André Masson fraternise ici et s'allie avec la lucidité folle de Friedrich Nietzsche. Non pas les dieux, ce sont les grands hommes de telle espèce, nos héros, qu'il faut aimer, et c'est à cause d'eux qu'il faut donner de l'amour à tous les hommes.

21 juin 1970.

De Pisis mon ami

J'ai découvert la peinture de Filippo De Pisis en même temps que j'ai fait la connaissance du peintre, qui avait alors trente-six ans. Depuis ce jour, ou précisément cet après-midi de 1932, vernissage d'une exposition collective de gouaches à laquelle il participait, je n'ai cessé, jusqu'à la fin de sa vie, d'être son ami et un admirateur passionné de son œuvre. De cette admiration, trop bien et trop profondément enracinée en moi pour qu'elle ait fini de grandir, je voudrais dire un peu les raisons.

Il n'est d'homme, ni de femme, ou presque, dans l'époque où nous sommes, qui ne se sente concerné personnellement par les choses d'art et qui ne se croie obligé à pratiquer des génuflexions devant la sculpture et la peinture. Me trompé-je en attribuant à cette fastidieuse religion culturelle les modes que nous voyons sévir dans l'art et qui restreignent toujours plus la part de l'originalité, le nombre des créateurs originaux ? Je ne le pense pas, car les artistes d'aujourd'hui, flattés qu'ils sont d'avoir été promus au rang d'objets de culte, sinon même de saints patrons, s'efforcent de répondre à l'adoration qu'on leur témoigne par la production d'œuvres conformes au goût étroit des adorateurs, et souvent ils deviennent conventionnels à l'égal de leur public, qu'ils rejoignent dans une sorte de néant. « *Io sono la Moda, tua sorella* », dit la Mode à la Mort dans le beau dialogue de Leopardi. Rien de pareil chez De Pisis, qui resta toujours parfaitement insensible, aveugle dirait-on, aux manières de peindre qui de son vivant connurent la grande vogue, et en qui je me plais à saluer l'un des artistes les plus purement originaux que l'on sache. Dans les articles critiques de son jeune âge, ceux qu'il donnait, notamment, à la *Gazzetta Ferrarese* pendant la Première Guerre mondiale, il sut parler avec intelligence des écoles d'avant-garde et les défendre, mais jamais on ne le vit enrégimenté véritablement dans un groupe, jamais il ne fut soumis à un point de vue commun. Indépendant comme un chat sauvage, jamais l'amitié ne lui fit suivre loin ou longtemps ses amis sur les voies de la création. Et à Paris qui fut le lieu où il devint le très grand peintre que l'on célèbre aujourd'hui, ses plus vives admirations dans le précédent siècle allèrent, il ne le cacha pas, à Delacroix et à Manet ; mais de Manet et de Delacroix l'influence sur lui est pratiquement nulle. Quant à l'école moderne, ce qu'encore on appelle l'École de Paris, il la connaissait, sans doute, il rendait hommage à certains de ses fondateurs et de ses représentants principaux, il se plaisait à prononcer des noms, sans toutefois suivre en rien l'exemple de ceux qui bénéficiaient du succès. Sur le chapitre de l'art du passé, il était érudit autant qu'amateur, et nous sommes nombreux à avoir trouvé des ressemblances entre sa touche et celle des peintres du XVIIIe siècle vénitien, Guardi particulièrement et plus singulièrement encore le Guardi de la chaire de l'église de l'Angelo Raffaele, à Venise, à côté de la belle maison qui fut la sienne et que malheureusement il ne put occuper que pendant les dernières années de sa vie. Qu'il s'agisse là de plus que de ressemblances, pourtant, et que l'on puisse parler d'influence véritable, d'imitation voulue, je n'en ai aucune certitude, je penserais plutôt le contraire. De Pisis n'eut d'autres maîtres que l'instinct et que son plaisir. Trop savant, trop latiniste, pour n'avoir pas étudié Thomas d'Aquin dans le texte, comment n'aurait-il pas remarqué la phrase qui commande l'esthétique du Docteur angélique : « *Pulchra sunt quae visa placent.* » Comme Stephen Dedalus, jeune héros et sosie de Joyce, De Pisis pourrait l'avoir rapprochée de cette autre : « *Bonum est in quod tendit apetitus* »... Que mes yeux soient crevés si ces deux phrases, mieux que tout ce qui se pourrait écrire, ne sont pas la définition et l'illustration de l'art de Filippo De Pisis !

Toute sa vie, à quelque petite variation près dans la touche de son pinceau sur la toile, De Pisis fut fidèle à une manière de peindre et à une orientation de la peinture que peu de gens surent prendre au sérieux d'abord. Je veux dire que son œuvre entière nous apparaît comme le plus vaste catalogue du plaisir visuel qui ait jamais été dressé par un artiste, la vue étant considérée, bien entendu, comme devancière et complice des autres sens. Autrement dit, c'est un immense répertoire des sensations autant qu'une encyclopédie de la sensualité que nous devons au peintre ferrarais, ce qui est beaucoup plus intéressant, beaucoup plus important, beaucoup plus intelligent que la commune apologie de la sensualité que nous ont laissée tant d'artistes, dont Manet et Renoir, notamment, sont des exemples typiques. Si l'on pense, comme je fais, que la culture et la recherche systématique de la sensation bouleversent, à la longue, le système nerveux de l'observateur et aboutissent à de tragiques espèces de déchirement, l'on ne sera pas étonné par le caractère violemment dramatique de nombreuses toiles de De Pisis. Nulle démission spirituelle, je me hâte de l'écrire, dans ce renversement de la sensation délicieuse. Tout au contraire. L'outrance et l'acuité de la sensation poussée lucidement jusqu'à l'exaspération jettent l'homme de plaisir bien au-dessus de lui-même, dans un domaine ou sous un climat qui sont ceux du plus grand art et de la plus haute littérature. A tel égard, et je suis certain que mon ami n'aurait pas été surpris par ma comparaison, le seul homme dont je pense que l'on puisse rapprocher absolument Filippo De Pisis est Marcel Proust. L'œuvre de l'un et celle de l'autre, en vérité, se complètent, comme leurs goûts exactement s'accordaient, et on les aime et on les comprend mieux dès qu'on a commencé à les regarder comme deux frères. A partir de l'instant illuminé, même quand leurs temps diffèrent, ils ont dit la réalité de la vie humaine avec un accent souverain qui du vérisme les transporte dans l'impressionnisme et dans l'expressionnisme. Rappelons-nous que c'est à force d'écrire et de peindre avec toujours plus d'exigence que leur bonheur de vivre, qui était leur raison d'exister, s'est changé en une sorte de martyre. Saluons en eux des héros de notre temps.

*Filippo De Pisis**

Dans l'œuvre de Filippo De Pisis, qui avec celles de De Chirico et de Morandi principalement est l'une des choses capitales qu'ait produites le Novecento italien sur le plan de la peinture, les dessins et les poèmes ont une importance et un rôle assez singuliers pour mériter de n'être regardés nullement comme des accessoires. Somme toute, les maîtres de l'art moderne ont dessiné assez peu, à l'exception de Matisse et de Picasso. Après ces deux-là, qui sont aussi merveilleux qu'inimitables, je me plais à voir en De Pisis l'un des rares artistes de notre temps dont l'œuvre dessiné soit aussi considérable et aussi émouvant. Pour couper court à de certaines objections, j'avouerai tout de suite que les dessins modernes qui singent la manière des beaux dessins de la Renaissance ne font que m'ennuyer. Qu'ils sont nombreux, ceux-là, un peu partout, aujourd'hui ! Rien de pareil, par bonheur, chez De Pisis, dont le trait est aussi rapide que celui de Matisse et atteint souvent à autant de bonheur sans lui ressembler de la moindre façon. Mais, et c'est là que je voulais en venir, les poèmes de Filippo De Pisis se rattachent étroitement à ses dessins parce que les uns comme les autres sont essentiellement des notations (d'une nervosité extrême)

* Préface à *Onze plus un poèmes* de Filippo De Pisis (Fata Morgana, 1983).

de sensations ou d'émotions. Tels poèmes, tels dessins, sont des croquis ou, au meilleur sens du mot, des esquisses, et De Pisis y exhibe hautement un mépris de toute application que pourraient lui envier les bravaches de notre avant-garde, ce qui ne l'empêche pas de nous jeter aux yeux une beauté qui nous brûle comme une flamme fusante. Car ces dessins et ces poèmes sont avant tout des souvenirs charnels, et le plaisir des sens qui n'est plus que dans la mémoire les charge d'une mélancolie d'autant plus tragique qu'elle n'exclut pas un retour du désir, après la disparition de son objet. Le temps du dessin et de la poésie, chez De Pisis, était différent du temps du travail pictural. Il était souvent nocturne, lorsque l'artiste se retrouvait dans la solitude, après le plaisir ; ou bien il précédait de peu le plaisir, en ces après-midi dionysiaques que les proses parisiennes nous ont révélés.

Je veux ajouter que ces dessins charnels, des corps ou des visages, ne sont presque jamais signés par De Pisis mais que celui-là les faisait signer par le modèle, ou, si l'on veut, le sujet, ce qui souligne leur fonction de mémorial. Des signatures ont souvent été ajoutées par des faussaires, et des visages aux corps qui n'étaient que des corps, et de la couleur là où De Pisis n'aurait songé à la mettre. Les poèmes, comme les dessins, participent d'un anonymat qui est tragique même quand il semble sourire. Que l'on ne s'y trompe pas, les dessins et les poèmes de De Pisis sont ainsi que des lampes dans une nuit qui pourrait faire peur. Raison pour quoi je les aime.

1983.

Zodiaque de Franco Gentilini

Ville romagnole, Faenza, où naquit en 1909, sous le Lion, mon cadet de quelques mois Franco Gentilini, est l'une de ces vieilles cités d'Italie du Nord où le voisinage de la Toscane est manifeste et où une longue appartenance aux États pontificaux a laissé dans l'architecture, dans la sculpture et dans la disposition de l'espace quelque chose de romain. Banal est aujourd'hui le mot de magie, vulgarisé tellement qu'un écrivain un peu respectueux de son langage hésite à l'employer, malgré les beaux échos qu'il anime dans les titres des tableaux et dans les poèmes de Giorgio De Chirico. Je crois n'en pas faire un injuste usage en déclarant ici que je n'ai jamais senti autour de moi un climat aussi étrangement magique que dans certaines villes de la province italienne, et je veux, sur cela, rendre hommage une fois de plus à Ferrare, qui est presque romagnole par la géographie et dont le décor urbain a plus d'un point commun avec tout ce que nous présente la peinture de Gentilini. Sans me dissimuler que je vais entrer en contradiction avec le sentiment maintes fois exprimé par le chef du surréalisme, André Breton, ajouterai-je qu'à travers les campagnes traditionnellement les plus hantées des pays du Nord et de l'Occident, sous les couverts de la Bretagne sylvestre, dans la fabuleuse forêt de Paimpont même, mon émotion, que la verte splendeur et le secret des lieux rendaient très vive, avait un caractère naturel et point surnaturel ? Oui. Réaction qui de ma part ne tient qu'à la sensibilité personnelle, à une sorte de goût passionné dont je ne saurais tirer argument, bien entendu, pour des conclusions d'ordre général. Mais je suis ainsi fait que l'Italie, littéralement, m'enchante en m'intriguant, surtout dans les régions qui sont à proximité de la chaîne des Apennins et qui m'ont toujours paru plus italiennes que le reste. Tel enchantement, qui ne manque pas dans les lieux rustiques, selon mon expérience est plus actif dans les espaces urbains soumis à la géométrie monumentale. Dans le temps, les heures qui lui sont le plus favorables sont celles de la nuit ou du milieu du jour. Il est lié au mystère des origines, au destin, au sentiment tragique de la vie et à celui de la mort, à l'énigme des dimensions ou des limites proposées à l'homme par une connaissance très approximative de l'univers où ce dernier s'est trouvé jeté. S'il est magique, il est métaphysique aussi, comme il fut dit naguère, en un curieux accord de l'actif et du passif, du sadisme et du masochisme. Me suis-je éloigné de l'art de Gentilini ? Je ne le pense pas.

Dans les premières heures de l'après-midi, en été, le décor de la ville ou de la campagne italienne est plus exaltant de se trouver vide, comme si le théâtre des rues et des places, des jardins, des petits bois et des champs avait été dépeuplé de ses acteurs par une redoutable épidémie, laquelle, en réalité, n'est autre que le double besoin de fuir la forte chaleur et de prendre un peu de repos après un repas de nourritures pesantes. Alors les quelques personnes qui échappent à la règle et que l'on rencontre au-dehors, les survivants rares de l'épidémie, prennent un air de personnages de théâtre qui est presque définitif. Innocents autant qu'ils sont, cependant le spectateur qui les suit des yeux les juge inséparables d'actions violentes, dont les ressorts sont la mort et le meurtre, le pillage et le rapt, l'amour et la sexualité. Tout homme qui se rencontre, l'on s'étonne qu'il ne soit pas retourné pour brandir une arme de poing, poignard ou pistolet ; toute femme qu'elle n'ait pas montré la nudité de sa gorge ou dépouillé son corps entier avec des gestes de démente, derrière la statue d'un saint ou d'un pape de la contre-réforme. Peu de peintres, dans les temps modernes, auront été capables autant que Gentilini de nous faire voir ou ressentir la puissance dramatique des fantasmagories diurnes suggérées par le soleil à la face du vieux sol latin. N'allons pas sourire aux images que nous offre le visionnaire. Tout ce qui est imaginable pourrait être ; tout ce qui pourrait être sera ; tel est, je pense, l'avis du peintre Gentilini, comme en tout cas c'est le mien.

Peuplée ou dépeuplée, urbaine ou campagnarde, l'Italie nocturne atteint à une tension si singulière et si élevée qu'elle ne trouve à se résoudre que par l'orage météorologique, la musique d'opéra (le duo d'amour) ou l'invention poétique. Du clair de lune, on pourrait dire que pour prendre toute sa puissance il a besoin d'être soutenu par des architectures de marbre, un peu comme un moteur de voiture ou de moto vraiment rapide a besoin de l'autoroute pour prendre tous ses chevaux. Débordant flot lunaire, marée d'argent liquide extravasée des artères du cerveau jusqu'au point de démence ou de lycanthropie même, la ruée des Ferrari, Maserati, Lamborghini sur l'autostrade du soleil est associée à la splendeur, dans la pureté de la nuit italienne, ainsi que Mars, la planète au rouge éclat, s'oppose et s'appareille à la verte Vénus, astre du matin sous le nom de Lucifer, astre du soir sous celui de Vesper. C'est peut-être pour échapper à l'appréhension du destin que les hommes se réfugient dans le sommeil nocturne ; c'est peut-être à la recherche de celle-là, justement, que vont certains d'entre eux quand ils choisissent d'errer la nuit dans des villes au décor de tragédies élisabéthaines ou quand ils pressent l'accélérateur au plancher sur le ruban d'une piste de ciment que rétrécit toujours plus dangereusement la vitesse. Au-dessus des coupoles, des campaniles, des longs portiques qui bordent les rues, des jardins clos de grilles derrière lesquelles les statues semblent descendues de leurs socles pour tenir sous les arbres des assemblées de fantômes, voici le labyrinthe des pistes célestes signalées par les constellations scintillantes. Là-haut, depuis les origines, selon l'avis des mages, s'inscrit le destin mystérieux des hommes qui ont vécu, qui vivent ou qui vivront, et nous gardons en mémoire celui du Pavésan Jérôme Cardan qui mourut volontairement plutôt que d'infliger un démenti aux astres qui lui avaient révélé les limites de son existence. A Ferrare, non loin du pesant château rouge dont le rempart et les tours carrées font le décor de plusieurs tableaux de l'école métaphysique, les ducs d'Este possédaient un palais qui est dit Schifanoia et dont la grande salle du premier étage, à laquelle on accédait sans descendre de cheval, contient de curieuses fresques de la Renaissance qui ont pour sujet les signes du zodiaque et leurs rapports avec les fêtes, les plaisirs et les travaux des hommes. Il me paraît intéressant de noter dans ces peintures murales un appétit de licence, un érotisme et surtout un sens du jeu qui ne se retrouvent pas, à tel degré au moins, dans les innombrables représentations astrologiques que nous ont laissées des peuples répandus sur toute la surface de la terre. Ce goût, sinon même ce besoin, de jouer avec les catégories de la vie et de la mort, de l'amour, du bonheur et du désespoir, est spécifiquement italien. Je ne prétends pas faire une grande découverte en écrivant qu'il me semble profond et non pas frivole et que je lui attribue une origine conjuratoire. Dans l'époque actuelle, un admirable exemple nous en est offert avec les cartes de tarot exécutées par Gentilini en usant du dessin, de la peinture et du collage, cartes qui sont gaiement irrévérencieuses à l'égard d'un système de divination que l'on n'ose pas souvent approcher sans crainte ni sans respect. Rien d'étonnant, n'est-ce pas, à ce que Gentilini, après le tarot, ait voulu passer aux figures du zodiaque, et que les belles gravures à l'eau-forte qu'il leur a consacrées soient inspirées pareillement par un mélange de sensualité et de cruauté, d'intelligence de la tradition et d'ironie, qui est italien dans le général autant qu'il est romagnol en particulier. En outre, le sujet s'y prêtant davantage, Gentilini a donné à son zodiaque une orientation théâtrale qui ne paraît qu'à peine dans son tarot. L'astrologie n'a-t-elle pas la prétention (justifiée, selon mon expérience) d'illuminer dans le caractère humain, voire dans la destinée, des séries de tableaux comparables à des scènes de drame ou de comédie ?

Il n'est peut-être pas inutile que je rappelle brièvement ici les significations que l'on donne habituellement au mot zodiaque. La version la plus courante est « cercle d'animaux », ce qui correspond mieux au zodiaque chinois, dont les douze cases contiennent uniquement des images zoomorphes, qu'à ceux de l'ancienne Égypte, de l'Inde et de l'Occident, où les représentations d'un homme, le Verseau, d'une femme, la Vierge, et de deux enfants, les Gémeaux, sont intercalées parmi les neuf figures animales que l'on sait. Une autre traduction, sans doute préférable, est celle de « constellation des vivants ». Astrologiquement, le zodiaque est la bande circulaire qui entoure l'écliptique où se meuvent les planètes et les luminaires. C'est le zodiaque de la tradition occidentale, bien entendu, que Gentilini a choisi d'illustrer ; avec quelques libertés cependant, comme il est mis en évidence par le symbole que nous voyons dans le ciel de la première estampe, celle du Bélier, symbole qui ressemble moins à l'animal qui nous est familier qu'à un certain hybride amphibie, la chèvre-poisson, qui représente le dieu sumérien Enki et son homologue babylonien (sémite) Ea. Veut-on donner quelque attention à cette planche initiale, l'on verra combien Gentilini, dans ses interprétations, a été servi par une sorte d'intuition profonde.

En effet, le Bélier, qui chaque année est traversé par le Soleil du 21 mars au 20 avril, correspond au feu originel, et les couleurs auxquelles la tradition le rattache sont celle du sang et celle de l'or. Masculin par excellence, il est le premier domicile de la planète Mars, qui gouverne la vie et la mort dans un climat d'agressivité tel qu'au Moyen Age on l'avait surnommé « le petit maléfique ». Colérique par définition, le caractère du Bélier met la violence et l'agressivité martiennes au service de la renaissance de la nature après l'engourdissement hivernal, du réveil de la lumière et du feu, du retour à la vie. Or la gravure de Gentilini a pour sujet l'égorgement du porc (le meurtre au service de la vie de l'homme), dans un paysage de montagne désertique et rouge comme un amas de braises, sous un ciel d'or où plane le singulier hybride. L'illustration répond au thème dans un accord parfait, quoique dépourvu de soumission. C'est ainsi, point autrement, que je voudrais que procèdent tous les peintres, quand ils entreprennent de composer des gravures sur un sujet donné.

Et je loue hautement Gentilini pour la beauté de son moderne zodiaque italien.

1972.

Balthus, je me souviens

Balthus, je me souviens, c'était en 1934 et, sinon la première, c'était une des premières fois que j'allais à la galerie Pierre qui me devint tellement familière dans la suite à mesure qu'avec Pierre Loeb je me liai de plus grande amitié. Sauf erreur, ce devait être au début de l'année. Quant à la raison de la vivacité de tel ancien souvenir, je n'ai sur elle aucun doute et je suis sûr qu'elle est à l'origine aussi d'une certaine émotion collective qui fit qu'un peintre qui n'était connu que de quelques initiés devint célèbre du jour au lendemain et prit rang parmi les plus originaux créateurs, ceux auxquels nous serons toujours reconnaissants pour ce qu'ils nous ont fait voir. Balthus, oui, dès sa première exposition, *leva le rideau* sur un spectacle essentiel que depuis Courbet personne n'avait plus voulu ou osé montrer. L'expression n'est pas inutilement soulignée car il n'est pas un seul tableau de Balthus, même parmi les paysages ou les natures mortes, qui ne produise l'impression d'avoir été dévoilé avec brusquerie, comme une scène soudain découverte et éclairée devant des spectateurs mis en commun par l'ombre. Le devoir du peintre est-il dans le geste brutal de découvrir et d'illuminer ainsi, je ne l'affirmerais pas, mais il est séduisant, à propos de Balthus, d'en poser la question, autant qu'il serait vain d'essayer d'y répondre. Et la comparaison à laquelle j'ai l'outrecuidance de songer encore est celle du geste net du chirurgien ophtalmologue qui opère un œil de la cataracte et rend au patient la vision claire par ablation de cette sorte de taie qu'il ne serait pas abusif de nommer hypocrisie.

Spectacle essentiel ? Qui en douterait, puisque tout est mis en œuvre pour concentrer l'attention du témoin sur un objet qui est le corps humain, et que la solitude dans laquelle est situé ce grand objet primordial, même s'il s'agit d'un tableau à plusieurs personnages, ne fait qu'accentuer son importance, à la manière dont le corps d'un acteur est dignifié soudain par le silence et par l'immobilité qui ont été voulus par le metteur en scène. Assistant, l'année dernière, à la représentation du *Regard du sourd*, l'on pouvait se demander si Wilson n'avait pas emprunté à Balthus quelque chose de son art à définir la forme du corps humain par l'inscription de celle-là dans l'espace. Car la peinture de Balthus est un théâtre où le mouvement a été interrompu à un instant de choix. D'où la solitude dans laquelle semblent avoir été fixés les acteurs ; d'où la tension, le charme ; par rupture de vie, comme par rupture de courant. Et si la plupart des hommes de théâtre ont été tellement sensibles aux tableaux de Balthus, cela s'explique aisément par ce qu'ils y retrouvaient de leur propre désir de créer. L'on n'ignore pas l'admiration passionnée qu'eut pour lui le plus grand d'entre eux à notre époque, Artaud, qui lui demanda le décor et les costumes des *Cenci*, en 1935. A propos du portrait de celle à qui il avait confié le rôle de Béatrice, Artaud écrivit : « Balthus a peint Iya Abdy comme un primitif qui aurait peint un ange... » Il ajouta : « C'est que lui aussi est un être de race. Une manière de héros oublié ; — et il est bon que l'incroyable sujet des *Cenci* soit l'occasion sur une scène de théâtre d'une rencontre d'êtres démesurés. »

Chez Pierre Loeb, en 1934, nous fûmes nombreux à penser qu'un être démesuré venait de se révéler dans le domaine de la peinture. De la peinture, comme de la poésie, nous n'avons jamais rien attendu que des révélations de pareille sorte. Avec Balthus, il y avait de quoi être heureux, comblés jusqu'au début de la guerre et jusqu'à sa fin, et jusqu'à la fin de l'étique après-guerre, oui donc... Car le nouveau venu, dans sa façon un peu cabalistique d'user de la forme du corps humain pour écrire un langage plastique capable d'exprimer un aspect transcendant de la présence de l'homme et de celle de la femme dans l'univers, nous jetait aux yeux une splendeur tranquille et silencieuse, que je ne saurais comparer qu'à cette « beauté si antique et si neuve » qui fut aimée de saint Augustin. Artaud, plus définitivement, n'avait-il pas écrit : « Au-dessus de la révolution surréaliste, au-dessus des formes de l'académisme classique, la peinture révolutionnaire de Balthus rejoint une sorte de tradition mystérieuse. » Le grand tableau de *La Rue*, dans sa plus ancienne version comme dans la postérieure, à cet égard est caractéristique, et l'on n'a pas besoin d'autres exemples, qui ne manqueraient pas cependant, pour reconnaître que cette « tradition mystérieuse » est celle qui orientait la démarche de plusieurs des plus grands peintres de plusieurs vieilles écoles italiennes. Sans trop citer, rappelons, dans la toscane, Piero della Francesca et Paolo Uccello, dans la ferraraise, Tura et le Cossa, dans la vénitienne, Carpaccio. Du dernier nommé, l'*Histoire de sainte Ursule*, à l'Accademia de Venise, n'a jamais cessé de m'enchanter au point suprême. Par l'humanité, par la poésie et par la cruauté prodigieuses, par la solitude et par l'élégance des personnages dérivant de l'amour à la mort, cette vaste fresque est un carrefour, point de rencontre de Carpaccio avec Shakespeare, Artaud et Balthus. Me ferait-on jouer au jeu (que je trouve imbécile !) de pouvoir sauver une chose, mais une seule, de l'art de l'Occident, c'est l'*Histoire de sainte Ursule* que je sauverais. Du même coup, je préserverais la meilleure essence et la plus considérable source de Balthus. Ou, pour être plus simple et plus franc, ce que je préfère dans son humanisme.

Car l'humanisme de Balthus est érotique et cruel. Ce n'était pas le moins important de l'exposition de 1934 que le retour de quelque chose que l'on avait cessé de voir depuis Delacroix et surtout depuis Courbet, et qui est l'érotisme. Les nudités, bien entendu, n'ont jamais manqué dans la peinture du XXe siècle, et la sensualité a toujours fait partie du certificat de bonne santé que se croient obligés de fournir la plupart des artistes. Mais la sensualité, qui ne choque plus personne depuis longtemps, est étrangère à l'érotisme, dont l'on n'eût pas toléré une exhibition publique il y a quarante ans. Ainsi Pierre Loeb s'était vu obligé de retirer de la grande salle de sa galerie une toile au moins, pour ne la montrer aux amateurs que dans un lieu plus réservé. Il s'agissait de ce tableau, devenu célèbre plus tard, où l'on voyait une jeune femme jouer, comme d'une *guitare*, du corps d'une fillette jeté sur ses genoux. Les victimes dénudées, les épaves charnelles sont fréquentes, dans l'art de Balthus. Le couteau souvent n'est pas loin, qui évoque le théâtre dont j'ai parlé déjà.

Pourquoi donc beaucoup de gens, qui ont écrit à propos de ce génie « démesuré » qui nous occupe, ont-ils cherché à l'innocenter de son érotisme flagrant, comme s'il y avait eu dans son naturel quelque chose de honteux, qu'il eût été serviable de dissimuler. Camus, Picon, sont de ceux-là. Bonnefoy, considérant un tableau dont l'évidence crève littéralement les yeux, *La Chambre*, se demande si le « monstre » ouvre vraiment le rideau, s'il ne va pas plutôt le « rabattre sur sa victime effrayée »... Argument qui me paraît remarquablement incompréhensif ! Point de « victime effrayée ». Le soi-disant « monstre », avec le chat (qui selon Bonnefoy n'est que « lointain » et « attentif »), présente à mon regard une double incarnation de l'esprit démoniaque, tel que certains peintres de jadis (Valdès Leal, par exemple) l'ont déjà figuré par des gnomes, des félins, des rapaces nocturnes. Le rideau sans nul doute est tiré pour mettre en pleine lumière et montrer aux voyeurs du dehors le point focal de la fille, son sexe nu, qui doit être ouvert en outre selon le volontaire écartement des cuisses. La retombée du bras est un geste d'onaniste satisfaite. Le broc et la cuvette n'ont d'emploi que d'accessoires au lavage intime, et rien ne paraît sur la toile qui ne soit significatif d'impudeur ou de scandale. Toile d'une magnificence absolue, par ailleurs, en laquelle il me plaît de voir la meilleure illustration que l'on ait jamais donnée d'un petit démon que certains de nous ont connu et qui est celui de l'exhibitionnisme. Peut-être va-t-on me taxer, à mon tour, d'exagération, si j'ajoute que la force de persuasion de ce tableau et de beaucoup d'autres est si grande que j'en suis arrivé à sentir une atmosphère érotique jusque dans les simples paysages de Balthus, comme je la sens dans les forêts de Courbet. Peut-être... Mais la nature est sexuelle en proportion de ce qu'elle est panique, et la nostalgie que ressent pour elle l'homme des villes, l'exaltation avec laquelle il l'imagine ou la contemple, s'expliquent un peu par là. Des poètes et les deux grands peintres que je viens de nommer me semblent avoir été inspirés par cette connaissance profonde.

Klossowski

Klossowski, ce beau nom dont parfois je pense que le magnifique Balthus pourrait ne s'être privé que pour en laisser l'entier usage à son frère aîné Pierre, auquel hommage est ici rendu, qu'il me soit permis de le saluer, car l'œuvre de celui qui le porte et l'illustra si bien depuis longtemps est pour moi fascinante sur les deux plans où elle s'est développée. Nombreux sont aujourd'hui les écrivains qui peignent ou dessinent, un peu moins nombreux, un peu moins accomplis, sauf Jean Dubuffet, les peintres qui écrivent, et dans l'une et l'autre des catégories le plus exemplaire est sans doute Henri Michaux dont la main et le cerveau sont des créateurs si parfaitement originaux et fraternels qu'il semble que l'on ait affaire à un double génie œuvrant dans le même temps avec autant de succès en chacune de ses entreprises. A toute tentative de classement il échappe. Mais le cas de Pierre Klossowski est différent.

Si je ne me trompe, ses années d'avant-guerre, au cours desquelles son cadet Balthus faisait dans l'art moderne une entrée superbe, furent consacrées surtout à l'étude de la théologie, de la philosophie, de la sociologie, et à des traductions de l'allemand, langue qui lui est aussi familière que le français ou le latin. En même temps il entretenait des rapports spirituels avec le très grand poète Pierre Jean

Jouve, qu'il aidait à traduire les poèmes de la folie de Hölderlin, et avec Georges Bataille, fondateur de ce Collège de sociologie dont Klossowski était l'un des membres les plus actifs. Ce n'est pas sans émotion que dans le premier numéro de la revue de Georges Bataille, *Acéphale*, quatre feuillets en date du 24 juin 1936, je relis sous le titre « Le Monstre » ces lignes de Pierre Klossowski : « Les différents modes de l'attente destructrice du présent se traduisent, chez Sade, dans les opérations mentales qui président à différentes pratiques de débauche expérimentale. Le bonheur consistant non pas dans la jouissance, mais dans le *désir de briser les freins qui s'opposent au désir*, ce n'est pas dans *la présence*, mais dans *l'attente des objets absents que l'on jouira de ces objets* — c'est-à-dire qu'on jouira de ces objets *en détruisant leur présence réelle* (meurtres de débauches) — ou s'ils déçoivent — et paraissent se refuser à la présence (dans leur résistance à ce qu'on voudrait leur faire subir) —, on les *maltraitera pour les rendre à la fois présents et détruits* (ce qui dans le sadisme moral s'exprime par exemple dans le sacrilège à l'adresse du Dieu absent). Chez certains personnages de Sade, la déception dans l'attente finit par devenir une fiction érogène : l'objet ne déçoit pas, mais *on le traite comme s'il décevait.* » Ce beau texte devrait être cité en entier, bien entendu, car on y distingue chez le Pierre Klossowski alors âgé de trente et un ans l'essentiel de ce qui animera, un peu après 1950, le monde très singulier de ses récits et de ses dessins. Monde qui se manifestera publiquement assez tard dans sa vie et dont le premier grand inspirateur me paraît être Donatien de Sade, tandis que celui que l'on pourrait nommer le résonateur autant que l'instigateur est son compagnon et ami Georges Bataille.

Tels noms suffiraient, me semble-t-il, à situer précisément dans un domaine qui est celui de l'érotisme la double œuvre de Klossowski, si elle était peu ou mal connue et si elle manquait encore de la renommée qu'elle mérite... Ce qui n'est nullement le cas, je me hâte de le dire, puisque Klossowski est célèbre aujourd'hui comme en bonne justice il aurait dû l'être depuis longtemps déjà. Pourtant l'on peut s'étonner que la célébrité indiscutable qu'il possède lui soit venue sur le tard, et non pas de ses admirables récits qui dès le premier paru, *Roberte*, l'avaient fait assez passionnément aimer de quelques lecteurs, dont je me vanterai d'avoir été tout de suite et toujours, mais du fait de ses dessins à la mine de plomb, puis aux crayons de couleur, qui après maintes expositions en des galeries ont fini par être montrés dans les grands musées. Il est amusant de constater que les premiers de ces dessins à être livrés aux regards ont été ceux qui illustraient *Roberte*, et que cette illustration avait été voulue pour donner au plaisant livre, fort licencieux selon le point de vue de 1953, l'aspect plus innocent d'un objet de bibliophilie, d'un « *curiosa* » moderne et raffiné, opération qui réussit parfaitement puisque le livre ne fut pas inquiété et que la curiosité enthousiaste, justement, qu'il suscita dans les milieux trop intellectuels pour ne pas inspirer quelque respect aux censeurs, le préserva. En bonne logique, l'érotisme des dessins, bien plus précis que les descriptions verbales du récit, aurait dû avoir un résultat opposé. Mais Klossowski avait gagné la partie et en l'en félicitant nous nous réjouissons avec lui.

Ainsi s'ouvrit le chemin de la double œuvre qui fait notre bonheur aujourd'hui. La porte ouverte une bonne fois, l'érotisme du personnage de Roberte et des comparses nombreux qui se jouent d'elle une fois admis, il n'était plus besoin d'illustrer les livres. Mais chez Pierre Klossowski les dessins allaient désormais accompagner toujours les écrits, comme par un besoin de donner et de conserver deux formes aux histoires qu'il inventait et dont le charme pervers prenait ainsi plus de force. Mieux encore, quand les dessins plus tard commencèrent à se détacher des récits et à représenter des scènes qui n'avaient pas été écrites, le personnage principal au moins, l'indispensable, l'ineffable Roberte ne cessa pas d'être la protagoniste de nouvelles aventures où l'auteur la jetait en proie à de nouveaux violents, pour leur amusement et pour le sien, pour le nôtre aussi, sans doute. Sans jamais, même dans le pire, perdre rien d'une distinction de grande mondaine qui en fait un personnage légendaire où l'énorme humour de Klossowski s'affirme.

Une pareille continuité dans la double mise en images d'une invention et d'une fantaisie parmi les plus grandes que l'on sache est à mon avis d'une importance tout à fait capitale dans la littérature aussi bien que dans la peinture, parce qu'il n'y en a pas d'autres exemples et que jamais il n'y en eut.

Voit-on Delacroix écrivant le récit de *La Mort de Sardanapale* ? Non, n'est-ce pas ? Baudelaire, seul, eût pu le faire, mais il aurait été incapable de le peindre. Ou Proust dessinant ou peignant les multiples scènes de *Sodome et Gomorrhe* ou d'*Albertine disparue* ? Non. A ce point de vue, encore plus qu'à tous les autres, Klossowski est unique. Le mot d'Eluard, qu'il nous plaît de reprendre parce que le poète en usait à l'égard de tous les peintres et de tous les écrivains qu'il aimait, « donner à voir », eh bien, un seul homme a su le mettre en pratique dans ses deux significations et celui-là est Pierre Klossowski. J'irai plus loin à partir de certains dessins hautement suggestifs, comme *Roberte interceptée chez les routiers*, dont le sujet ne figure pas dans l'œuvre écrite, et la question que je me pose est de savoir si le carnet de croquis n'est pas un instrument bien plus rapide et plus commode, pour qui sait s'en servir, que le carnet de notes dont tant de romanciers font usage, quitte à le brûler après publication du livre ? Mais le dessin peut aussi avoir été provoqué, sinon inspiré, par une œuvre étrangère, et parmi tous ceux de Pierre Klossowski celui dont j'avoue qu'il m'émeut davantage, *Milady et le bourreau de Lille*, ne doit-il pas un peu plus à Pauline Réage qu'à Alexandre Dumas ? Si oui, tant mieux, mon admiration n'en serait que mieux fondée.

1984.

Aimer Hundertwasser

Nous sommes encore quelques-uns, me semble-t-il, qui devant un peintre et son œuvre, comme devant un poète et ses poèmes, ne saurions admirer sans aimer... En cela, le grand patron de notre petite espèce demeure Jean Paulhan, dont tous ceux qui l'ont connu se rappellent le caractère hautement passionné que prenaient chez lui l'admiration picturale et la fascination violente que joyeusement il ressentit de la part d'artistes tels que Braque, Dubuffet Fautrier, entre beaucoup d'autres auxquels il montra une inclination plus passagère, qui dans le vocabulaire érotique eût mérité le nom de caprice. Artistes ou poètes (dans mon goût de regarder et de lire ils sont inséparables), quand l'objet de leur travail touche à ce point rare de faire battre notre cœur irrésistiblement, reconnaissons que ce ne peut être l'effet que d'une singularité absolue que nous venons de découvrir et qui ne tardera pas à être confirmée par la personnalité de l'auteur. Innombrable est le troupeau des bons ouvriers de l'art, plus ou moins bien intentionnés, plus ou moins doués, qui pendant leur vie entière, avec l'approbation des cadres professionnels et de la critique, feront marcher leur industrie. Nul ne songerait à le leur reprocher, à condition de garder en mémoire que c'est par celui ou par celle que nous avons jugé unique au contraire, totalement détaché du troupeau, celui dont l'invention et le geste créateur ont témoigné d'une originalité pure et soutenue, que nous avons eu le bonheur d'être séduits, et quand l'occasion d'en rendre grâce se présente, il convient de la saisir ! Depuis ma première ligne, bien entendu, je n'ai en tête que le peintre Hundertwasser, parce que depuis longtemps je l'aime, comme il est prouvé par un texte trop court publié sur lui dans *La N.R.F.* en 1957, repris plus tard dans mon petit livre *Critiquettes*. Parlons donc de lui puisqu'il nous revient et qu'il présente une exposition à Paris, la première qu'il nous aura été donné de voir depuis la grande manifestation du musée d'Art moderne de la ville de Paris, au printemps de 1975, et les expositions à la galerie Kamer en 1957, à la galerie Raymond Cordier en 1950, chez Paul Facchetti en 1954, en 1956 et entre décembre 1974 et février 1975. N'oublions jamais le rôle d'initiateur joué par Facchetti dans cette magnifique aventure de l'art moderne que fut la découverte, l'encouragement et le soutien de l'œuvre de Hundertwasser. N'est-ce pas dans le catalogue de sa première exposition au studio Facchetti, en 1954, que Hundertwasser écrivait superbement : « Méfiez-vous de la ligne droite et de la ligne ivre, mais surtout de la ligne droite ! La ligne droite conduit à la perte de l'humanité. » Bien sûr ! A l'époque, je me rappelle avoir essayé d'attirer l'attention d'André Breton sur ce texte et sur les tableaux de son auteur. Sans succès... Pourtant je persiste à croire que par sa haine du rationalisme au moins le jeune Autrichien avait de quoi plaire à Breton, dans le cercle duquel il eût porté cette fraîcheur et cette insubordination capitales qui avaient été les vertus essentielles du premier surréalisme. Vertus auxquelles venait de céder Paulhan, en ouvrant sa collection au charme assez singulier d'un tableau intitulé *Le Sang qui coule autour*.

L'exposition d'Artcurial comprendra quelques peintures

anciennes, datées de 1954 à 1962, parmi lesquelles je retiendrai surtout une *Explosion atomique* de 1960-1962, qui se présente sous l'aspect d'une spirale tranchée sur trois plans, ce qui ne manque pas de mettre comme il fallait en lumière sa signification tragique puisque la spirale, apparue en 1953 chez Hundertwasser, est selon ses mots le symbole de la vie et de la mort. Une formule à laquelle on peut ajouter que tel symbole, comme celui, proche et pareil, du labyrinthe, trouve son illumination mystique dans le moment de passage du premier temps au second, ce qui justifie la beauté violente qu'il prend sous le pinceau du peintre. Bien plus qu'une interprétation un peu vague de ce moment c'en est l'expression directe par le trait et par les couleurs, un témoignage de voyance exaltée comme il s'en trouve de nombreux exemples dans les œuvres récentes.

La plupart de ces œuvres-là, qui seront le plus considérable apport de l'exposition, sont datées finalement de 1982. Plusieurs ont pris naissance sur le bateau *Regentag* (*Jour de Pluie*), ou à Porquerolles, l'année dernière, beaucoup d'autres en Nouvelle-Zélande, au début de cette année ; elles se sont développées pendant les séjours de Hundertwasser chez lui à Vienne ou dans les provinces autrichiennes ; elles ont trouvé, ou sont en train de trouver, leur ultime achèvement à Venise. Ainsi sont-elles le fruit longuement mûri de divers lieux et des trois domiciles principaux que s'est aménagés le peintre, autant pour échapper au mensonge et à la sottise agressive qui pèsent sur les hommes que pour situer sa vision sous les angles de trois optiques bien différentes mais qui lui ont souri jusqu'ici. Leur procédé, à peu de chose près, est toujours cette « technique mixte » où l'aquarelle se marie avec la tempera à l'œuf, l'huile et la laque, sur un fond de craie en poudre, de blanc de zinc et de polyvinyle étendu sur du carton ou du papier, souvent d'emballage, monté sur la toile d'un châssis ou sur un panneau de bois, surface où des feuilles d'or, d'argent ou de cuivre miroitent parfois entre les couleurs vives, et l'on n'y aperçoit d'autre changement qu'un approfondissement du métier. Leurs sujets, sortis de la pure imagination d'un peintre qui est un poète qui peint, n'ont guère varié non plus, ni ce que l'on pourrait appeler l'esprit ou l'atmosphère des tableaux. Et si comme moi l'on pense qu'aujourd'hui Hundertwasser avec tout son génie et toute son invention est revenu à cette peinture fantastique qu'il avait portée si haut avant de la mettre en veilleuse dans les dernières années, au bénéfice des multiples espèces de gravures pratiquées sur le globe, alors on est frappé par la force de sa fidélité à soi-même, témoignage d'une originalité vraie qui est le propre des plus grands artistes et qui précisément les rend « uniques », comme nous leur demandions de se montrer. Au début de sa carrière, Hundertwasser annonçait tranquillement qu'il voulait faire « la peinture la plus difficile du monde ». De là, probablement, vint cette détestation qu'il proclame à l'égard d'un certain académisme de l'avant-garde dans les temps modernes, fondé sur la facilité, à l'inverse de ce que montraient les avant-gardes du début de ce siècle. Ce qu'il voulait faire, lui, il a su le mener à bien par les chemins malaisés, et c'est pourquoi il est le moins imitable des grands artistes de son époque. La présente exposition tombe à point pour que cette vérité demeure dans la mémoire de ceux qui savent encore regarder.

Or un choix se fait, et le regard que j'imagine va s'arrêter sur deux peintures de 1982 qui pourraient jouer les gardiens du seuil de ce monde fabuleux où l'observateur est en train de pénétrer. Ce sont *La Prochaine Dimension* ou *Le Mal et le Bien*, et puis *Tête à terre* ou *Le Hibou*. L'une et l'autre sont bâties de bandes de couleurs chaudes et froides qui grillent en quelque façon le centre de la première et la gauche de la seconde, en laissant apercevoir ou en suggérant la grâce d'un « sous-impression » que je crois l'un des facteurs actifs de ce charme étrange auquel, que nous le voulions, le sachions, ou non, nous sommes assujettis devant tout ce que créent les pinceaux de Hundertwasser. La grande tête de *La Prochaine Dimension* nous fascine par le contraste de son œil clair (feuille d'argent) et de son œil obscur (encre de Chine), au-dessus des narines également blanche et noire, allusion, je pense, à la dualité morale de l'univers, laquelle est ainsi représentée avec une beauté terrible sans pourtant avoir rien d'inquiétant, ce qui est un charme de surcroît. En ce singulier « objet » rien n'empêcherait de voir le portrait d'un Dieu ou d'un Génie, d'un Maître du ciel ou de la terre, du Peintre que nous admirons en personne... Mais la *Tête à terre* de l'autre tableau, où quelques efforts nous aideront à distinguer la face multicolore d'un énorme hibou chapeauté dont le chef seul est plus dominateur que la maison qui d'un bras fait signe à droite, au-dessus de menus arbres aimables, exerce sur nous un pouvoir de fascination qui n'est pas inférieur et qui est servi par trop d'humour pour que nous ne l'acceptions pas. Tel humour, que l'on ne remarque pas toujours, accroché que l'on est par le métier éblouissant du peintre, est présent dans tout ce qu'il fait, aujourd'hui comme hier, et je crois que c'est à lui que l'on doit d'admettre si naturellement un si puissant surnaturel. « Tout est infiniment simple, infiniment beau », écrivait le peintre d'un monde extérieur qui n'est autre que son monde intérieur. Comment oublier *La Route vers le Socialisme*, pierreuse et rouge voie entre les berges vertes de la grande nature, menant vers on ne sait quoi, presque à l'horizon, sous le bras tendu comme un pont au-dessus d'elle au premier plan par un mannequin bariolé, acéphale et vide, dans le poing duquel est un petit d'homme qui est toi, moi, lui, quiconque... Délire voulu, humour, fantaisie visionnaire, ici tout est au paroxysme d'une réussite vertigineuse. Et les autres tableaux, quand sur chacun mon attention s'isole, prennent vie de même et me parlent... Quel spectacle !

Hundertwasser, j'y ai fait brièvement allusion, est l'un des maîtres de l'art graphique dans les temps modernes. De l'eau-forte en noir à l'eau-forte en couleurs, à la lithographie, à toutes les variétés de sérigraphie, à la gravure sur bois taillée et tirée dans des ateliers japonais, il n'est rien qu'il n'ait voulu mettre à l'essai, puis en pratique. Quant à sa capacité de labeur elle est illustrée par la grande tapisserie du *Garçon qui pisse avec gratte-ciel*, qu'il tissa en 1952, en y travaillant seul douze heures par jour pendant six mois. Après quoi, sur des dessins de lui, il fit exécuter d'autres tapisseries notamment par des Gobelins mexicains, auxquels j'avoue préférer le « pisseur ».

Ce beau nom de Hundertwasser, on sait qu'il se le donna lui-même, en 1949, en traduisant par *hundert*, cent, la première syllabe, *sto*, de son vrai nom : Friedrich Stowasser. Né sous le signe du Sagittaire, solitaire, mystique, illuminé, il ne manque pas le cœur des cibles visées par son regard. Je crois partager son immense amour des arbres. « La relation arbre-homme doit prendre des dimensions religieuses », a-t-il écrit une fois ; puis, une autre fois : « Je me réjouis d'avance de redevenir humus, enterré nu et sans cercueil sous un hêtre planté par moi dans mes terres à Ao Tea Roa. » Pour tout cela autant que pour son art, je l'aime.

1982.

Noguchi

En écoutant récemment l'un des derniers opéras de Monteverdi, ce *Retour d'Ulysse au pays natal* où les voix se rapprochent l'une de l'autre, puis s'écartent, semblent se frôler, prennent existence par les rapports créés entre elles, se soutiennent sans presque jamais s'unir et s'équilibrent dans une dissymétrie perpétuelle qui s'accompagne pourtant d'une harmonie merveilleuse, c'est à l'œuvre de l'architecte et sculpteur Isamu Noguchi que je pensais sans cesse. Sans doute ne suis-je pas le premier à remarquer que dans le chant à plusieurs voix ces voix se détachent dans l'espace avec des dimensions formelles qui leur donnent un relief tellement apparent que le théâtre lyrique, en particulier, devient une sorte de glyptothèque, et que ses personnages deviennent des hommes de pierre et des femmes de pierre dont les accents approfondissent devant l'auditeur ou le spectateur la distance à laquelle il croit être de la mort. Avec Monteverdi, qui élaborait ses compositions monodiques à l'époque d'une Italie proche de l'Angleterre élisabéthaine, le règne de la dissymétrie dans les ensembles est aussi rigoureux que dans les jardins lapidaires du très ancien Japon qui sont le point de départ probable des travaux du très moderne Noguchi, en lequel nous nous plaisons à reconnaître l'un des artistes les plus neufs de notre siècle.

Une comparaison rapide avec les jardins à la française exécutés au temps de Monteverdi, mais sous la tyrannie de la symétrie et de l'ordre classique imposés par la volonté de Louis XIV, donnera quelque clarté, je l'espère, à mon point de vue. Et le penchant à l'asymétrie, voire au déséquilibre ou au moins à un équilibre d'apparence précaire, dont témoigne en plusieurs endroits l'œuvre de Noguchi, ne peut-il être interprété comme un hommage à la liberté de la nature, un refus de tout art ou de toute culture disciplinaires ? Répondons que oui et passons, devant ces travaux si variés et si beaux, de la curiosité à l'amour qu'ils méritent hautement et qu'ils n'ont jamais eu la bassesse de solliciter !

Cette fierté de l'artiste, qui nous touche tout de suite, est bien prouvée par cette variété dont je viens de parler et qui est l'un des premiers aspects que l'on remarque dès que l'on observe son œuvre, variété qui poussa certains critiques à parler d'éclectisme. Le mot ne me paraît pas justifié parce qu'il ne s'entend justement qu'à propos d'un art d'emprunts et qu'il est perpétuellement contredit par la magnifique originalité de notre sculpteur. Reconnaissons plutôt que dans un temps où la plupart des artistes et des écrivains cherchent à s'illustrer en travaillant sur un seul plan, dans une seule direction, et à utiliser ce qu'ils auraient trouvé de personnel en en tirant des séries interminables, Noguchi, lui, bouleverse ces prudents usages et exerce son activité sur tous les plans simultanément. Avec tant de diversité que chaque fois la surprise est créée. Et c'est, je crois, la fierté du créateur qu'elle n'ait pas toujours servi son intérêt et qu'en plus d'une occasion les importants personnages qui lui avaient commandé, par exemple, un monument, aient renoncé au projet parce qu'ils s'attendaient à autre chose et qu'ils avaient été trop violemment surpris. Jean Paulhan, qui aimait autant être surpris que surprendre et qui, des jardins de sable de Kyōto, avait rapporté son plus mémorable souvenir, aurait été bien à son aise devant les diversités de Noguchi. Qu'il me soit donc permis d'en offrir quelques aspects aux mânes de ce grand homme, qui était pour moi l'œil le mieux ouvert de notre temps !

Quand un artiste est capable de s'accomplir avec une sorte de perfection tout originale en des domaines, dans des directions et sur des plans très divers, quand, en outre, l'habileté de sa main est tout à fait exceptionnelle, il est difficile, aujourd'hui, de ne pas le comparer à Picasso. Et la première remarque qui nous vient à l'esprit est qu'à la naissance de Noguchi (le 17 novembre 1904 à Los Angeles), comme à celle de Picasso (le 25 octobre 1881 à Málaga), le Soleil était dans le signe du Scorpion. Chacun sait combien la signature du Scorpion était apparente sur le visage de Picasso. Sur celui de Noguchi, que nous montrent des photographies, elle est moins manifeste mais se distingue dans le dessin du profil, entre front et menton. Dans l'ignorance où je suis du reste de son thème, je ne parlerai que du signe natif, qui déjà sur son compte témoigne de bien des choses que nous sentions confusément en regardant ses travaux. Et si le symbolisme du Scorpion procède du secret, de la fécondité, de la curiosité et de l'agressivité, n'est-ce pas là justement ce qu'il nous semble avoir pressenti ? Sur le point de l'agressivité, seulement, l'on objectera peut-être l'impression de calme et d'impassibilité qui est donnée par des œuvres nombreuses de Noguchi. Oui, mais cette impression-là est surtout le produit du secret, qui est une vertu essentielle de l'âme japonaise et qui me paraît un constant besoin chez cet homme admirable qui a su faire de son travail comme un chant silencieux où les voix de la nature sont exprimées dans une espèce de rétention profonde, sinon même d'étouffement. Et la sculpture de tout vrai sculpteur n'est-elle pas un art qui se pratique agressivement par l'attaque directe de la pierre au moyen d'outils de fer tranchants ? Noguchi a souvent usé d'une petite phrase qui me plaît trop pour que je me prive de la citer : « Mon affaire d'amour avec la pierre », dit-il de son activité principale, et en effet c'est bien un jeu charnel, non dépourvu d'érotisme, ni même de sadisme, qu'il mène depuis un bon demi-siècle dans le monde minéral. Dans son affaire d'amour avec Noguchi la pierre en a vu et en verra de belles... Sait-elle ce qui l'attend encore ?

Virtuose de la taille et du poli du marbre dans les figures joliment érotiques de la fin de son adolescence, puis initié, par l'exemple de Brancusi, à traiter la pierre autoritairement avec une dureté supérieure à la sienne, Noguchi a longtemps usé des marbres et de l'albâtre, qui selon leur nature calcaire offrent peu de résistance à l'attaque. Puis, comme lassé de la facilité des roches tendres, il s'est épris des granits, des basaltes, des diorites, dont l'origine est ignée et dont la résistance est telle qu'on ne peut la vaincre qu'à force de violence et par des instruments tout-puissants. La technique moderne, dont use l'Américano-Japonais avec autant de compétence que de leurs secrets perdus les Chaldéens et les Égyptiens jadis, lui a donné les outils nécessaires pour se mesurer avec ces espèces minérales et les dominer. Dans la présente exposition, toutes les pierres sont d'origine volcanique, granits en majorité, avec quelques diorites, basaltes et obsidiennes, et si l'on observe que l'acier, combinaison de fer et d'un peu de carbone à haute température, et que le verre proviennent également de matières minérales soumises au feu, il faut bien remarquer que les amours de Noguchi ont quelque chose de plutonien. Ce qui me ramène au Scorpion natif, car l'astrologie ne doit pas se prendre en plaisanterie...

Domicile de Pluton, domicile nocturne de Mars, le Scorpion, où Proserpine se trouve en exil, passe pourtant pour un signe d'eau, alors que par ses analogies l'on est tenté de le rattacher à la Terre et au Feu. Le scorpion (l'animal) ne va pas dans l'eau, l'on a prétendu qu'il se donnait la mort si on l'entourait d'un cercle de feu, et dans la nature, quand je l'ai rencontré, c'était le plus souvent à la voûte des tombeaux étrusques, au-dessus de moi quand je relevais la tête, ou bien (beaucoup plus gros) dans les ruines mayas du Yucatán... J'ai parfois pensé qu'on l'avait décrété signe d'eau un peu arbitrairement, à cause de sa ressemblance avec l'écrevisse tant qu'il ne relève pas sa venimeuse queue en geste de menace. Par son venin, n'est-il pas de caractère plutonien ? Et le règne minéral, domaine de ceux que j'appelle les vrais sculpteurs parce que c'est leur propre main qui sculpte la pierre, ne se place-t-il pas sous le règne de Pluton, maître du monde souterrain, dont Vulcain, qui régit le feu inférieur et celui de l'industrie, est l'associé ? L'on sourit en songeant que le pape porte une triple couronne, laquelle se nomme « tri-règne » en évocation du règne minéral, du règne végétal et du règne animal qui constituent la nature entière. Cette belle nature dont l'œuvre de Noguchi est une célébration perpétuelle, sans sortir presque jamais du règne minéral. Et l'on sourit par l'effet du simple et naturel humour qui spontanément paraît sur les pierres qui ont passé sous sa main et qui montrent la marque de son amour. « En les prenant et en les touchant, je les ai modifiées, je les ai rendues vivantes », pourrait-il dire de ses créatures, avec le sourire de Don Juan devant le catalogue de ses chères captives, de ses vaincues bien-aimées...

Le catalogue de Noguchi est intitulé en anglais. J'avoue que j'aurais préféré qu'il le fût en latin, langue plus digne d'être internationale puisqu'elle est morte, ou en japonais et en caractères tracés au pinceau par les doigts du sculpteur, mais nous n'y aurions rien compris et c'eût été un surcroît d'œuvre d'art... Cependant, qu'il me soit permis d'insister sur cela qui me semble essentiel et qui est que l'art de

Noguchi tel que dans cette galerie nous allons le voir est fait en grande partie de simples fragments du monde naturel qu'il a choisis, qu'il a parfois recueillis ou qu'il a découpés dans la masse, qu'il a transformés par une blessure superficielle ou profonde qui est sa marque et qui leur donne une sorte d'existence personnelle par l'effet d'une sorte de violence infligée amoureusement à la matière anonyme, et puis que ces pierres, qu'il a tirées hors de leur règne comme s'il les avait arrachées à la couronne du pape, les voici exposées devant nos yeux (comme au marché d'esclaves), enregistrées au catalogue, signées (la plupart) par la main du maître à laquelle elles doivent cette neuve fraîcheur et cette originalité qui leur manquaient dans la nature. Dégrossies, polies, incisées, ciselées, percées, creusées, éraflées, grumelées (pour souligner le grain du granit), les voilà qui répondent à leurs titres, qui sont des noms propres. Elles sont sorties de l'enfance ou du magma, elles ont subi le traitement d'initiation. Sur les socles de bois, souvent massifs, qui les supportent, solitaires ou avec les proches que leur a données le maître d'œuvre, elles sont les actrices d'un théâtre subtil et silencieux, le théâtre minéral d'Isamu Noguchi.

Au premier coup d'œil, je suis retenu par le charme intrigant de deux granits, *Black Planet*, de 1973, *The Planet in Transit*, de 1975, qui appartiennent à la série des « tables-paysages », lesquelles, sous l'espèce d'une épaisse dalle de pierre travaillée en haut relief, présentent ce qu'il me faut bien appeler un décor philosophique et qui, mais avec de faibles dimensions, correspondent aux jardins spirituels créés par Noguchi un peu partout dans le monde. De ceux-là, qui plus que ses autres travaux, peut-être, ont fait la célébrité de son nom, nous avons à Paris un admirable exemple, qui est le jardin de l'Unesco. Leur point de départ évidemment doit être cherché dans les jardins de sable et de pierres qui avoisinent les sanctuaires japonais, à Kyōto notamment, et qui sont des supports de méditation autant que des évocations de la simplicité et de la pureté d'un univers qui ne paraît compliqué à l'homme que parce qu'il a perdu le sens de la vision intérieure. Notion primaire du zen, qu'il serait malaisé de développer en un langage maladroit alors que l'objet principal de la quête du zen est une aspiration à l'ineffable et à l'inexprimable, mais que, de façon sommaire, il fallait prononcer parce qu'elle est une des meilleures clés qui permettent d'accéder à l'intelligence des pierres sculptées et des surfaces animées de Noguchi. Pureté et simplicité qu'il faut essayer d'entendre comme une musique des volumes qui pourrait être perçue quoiqu'elle ne soit pas sonore. Dans leurs « architectures silencieuses », les Italiens de la *scuola metafisica* ne poursuivaient-ils pas des recherches de même ordre ? Il me semble que oui. Et si, dans les temps de confusion où nous sommes entrés, nous aspirons à des formes d'art plastique qui soient illuminées par une poésie et une philosophie aussi simples que celles du jour et de la nuit, les pierres de Noguchi, ses tables-paysages répondront à notre désir. Mallarmé, qui donnait une personnalité à des galets en écrivant dessus des mots vraiment lapidaires, n'aurait pas été sourd à ce qu'elles nous disent.

Sur un haut support de bois qui devient partie de la sculpture, un basalte en deux éléments, *Where is she now?*, est en gris et en rose une représentation de l'absence où je crois voir un poulpe qu'une lame cruelle aurait privé de ses huit bras tentaculaires et de ses yeux de soie noire, et le nom que sans le prononcer je formule est celui de Hokusai. Oui. Tous les granits de l'exposition s'inscriraient à la suite, mais leurs titres n'ajouteraient rien au fait que ces rognons de pierre que le sculpteur, en s'amusant, en s'exaltant évidemment, a modifiés dans leur apparence et leur structure et puis isolés, rapprochés ou réunis, ont pris une identité particulière en dehors de la masse incalculable et démesurée des choses naturelles. Ils sont devenus non pareils. Par la singularité qu'ils ont acquise, ils retiennent le regard à la manière d'une trouvaille heureuse et la rêverie féconde à partir d'eux se développe. Ainsi va-t-il des basaltes plus durs et de la fragile obsidienne, comme des reflets de lumière ou des jets et des écoulements d'eau dont Noguchi usa, maintes fois, pour définir ou découper l'espace de sculptures virtuelles. A tout ce que ses doigts touchent, ou que son esprit façonne, on a l'impression qu'il offre une part de tendresse, et sous ce large amour ses ouvrages se présentent avec un caractère bénéfique. Devant ses pierres, le pendule de l'imagination s'oriente et tourne dans le sens positif.

Assez exactement, nous pourrions dire d'Isamu Noguchi qu'il anime la pierre, ou qu'il lui donne de l'esprit. N'est-ce pas là, justement, le propre des plus grands sculpteurs ?

1981.

5

Notre Paris

Peu de photographes, à ce qu'il me semble, pourraient se vanter d'avoir parcouru la surface de notre planète autant qu'Henri Cartier-Bresson, dont l'œuvre n'est ainsi qu'une somme d'instantanés décisifs de l'Ancien et du Nouveau Continent. Citant le cardinal de Retz, naguère, il écrivait : « Il n'y a rien en ce monde qui n'ait un moment décisif. »

C'est en quête de ces moments-là qu'il n'a cessé de courir depuis sa vingt-troisième année, en 1932, date de l'achat de son premier Leica, début véritable de son activité de photographe. Spirituellement au moins, ou profondément, si l'on veut, le lieu de ce début ne saurait être fixé ailleurs qu'à Paris, où il avait appris à voir plus clair par l'exercice de la peinture dans l'atelier d'André Lhote et puis par la découverte du surréalisme et de ce grand supérieur que reste dans sa mémoire comme dans la mienne le très fascinant André Breton, dont l'image, prise en 1960, est sans doute le plus beau de ses portraits.

Ainsi l'exposition qui est ouverte à présent au musée Carnavalet et qui rassemble tout ce qu'Henri Cartier-Bresson a retrouvé de ses photographies anciennes et récentes de Paris, bien connues les unes, jamais vues beaucoup d'autres qui méritaient de ne pas être oubliées, est-elle passionnante.

Que la Minerve du XVIIe siècle, que j'ai en face de moi cependant que j'écris et qui pourrait être une figuration du signe de la Vierge au-dessus de la belle façade plus ancienne de Carnavalet, les accueille favorablement sous son rameau d'olivier !

Paris au cours des dix années qui précédèrent la guerre était un monde qui partout et perpétuellement nous éblouissait, tandis qu'Henri allait à la chasse aux images et que plus paresseusement je l'accompagnais, peinant à sortir de mon adolescence alors qu'il s'était déjà bien débarrassé de la sienne...

Du Leica qui jamais ne le quittait, il me semble qu'il se servait à la manière un peu dont les surréalistes cherchaient à se servir de l'écriture automatique, comme d'une fenêtre que l'on a décidé de tenir toujours ouverte aux apports de l'inconscient et de l'imprévu, dans l'attente de la beauté merveilleuse qui peut surgir à tout moment et qui, si l'on manque à la saisir, ne se présentera plus.

Henri, pendant ces randonnées d'un bout à l'autre de Paris, de jour et de nuit, ne cessait pas de saisir. Le Leica est fait pour saisir, à cause de la multitude de prises de vue qu'il permet à l'opérateur sans avoir besoin d'être rechargé. Une fois l'habitude prise, il ne laisse rien s'échapper de tout ce sur quoi l'œil est posé. Le carnet de notes de l'écrivain est un pauvre outil en comparaison, carnet plutôt méprisé, d'ailleurs, par les surréalistes de ce temps-là. Et les images parisiennes d'Henri s'inscrivent souvent dans la catégorie du merveilleux fantastique urbain dont nous eûmes la révélation aux pages de *Nadja* et plus tard de *L'Amour fou*. Ce qui me porte à écrire que je crois que les photographies d'Henri Cartier-Bresson sont des actes d'amour, comme les plus beaux livres d'André Breton, comme les meilleurs films de Chaplin et d'Eisenstein qui eurent tant d'influence sur mon ami de jadis et d'à présent.

A quoi bon évoquer ou décrire ici un infini poulpe de tubes de fonte (chez Citroën), l'arrivée d'un cercueil (qui, quand, comment, pourquoi ?), les petites danseuses du bord de Seine, les amoureux de la gare du Nord, les amants du jardin des Plantes, l'enfant masqué qui joue au gangster sur les toits, l'homme du cours Albert-Ier, les Tuileries sous la neige ? Si simple est l'étrange que le voyeur ne s'étonne même pas de son plaisir, et Henri Cartier-Bresson préfère détourner mon attention en me parlant de Chez Boudon, un bar singulier qui se trouvait en haut de la rue Pigalle et où vers six heures du matin les musiciens noirs américains de diverses boîtes de nuit se retrouvaient pour jouer à perte d'ouïe, pour leur propre bonheur, les blues les plus ensorcelants que nous eussions jamais entendus.

Un bar où allaient certains surréalistes, où nous allions au point de l'aube, parfois. Si rien n'y fut saisi par le Leica, la faute n'en peut être qu'à l'éclairage trop bas. Mais le souvenir de sa musique accompagne le défilé des belles images en noir et blanc, comme celle des grands films muets, qui demeurent aussi modernes que Giotto, Piero della Francesca, Paolo Ucello.

1984.

*Le Grand Révélateur**

Bien plus que seulement étrange est la première image, ou le premier cliché, qui ouvrira ce fascinant gros volume des *Photoportraits* d'Henri Cartier-Bresson, et quoique sur le personnage principal de ladite image je n'aie d'information qu'un nom de lieu dans l'espace, Israël, et dans le temps une date, 1967, en voilà assez pour que je me sente captivé par quelque chose que j'ignore mais qui s'impose avec un caractère qui est proprement cet indéfinissable « fantastique » poursuivi pendant toute ma vie, trop rarement atteint... Nu sauf une sorte de culotte ou de caleçon en désordre et une paire de sandales, un jeune homme tient des deux mains en l'air un vêtement à l'air vieux, veste ou chemise, comme pour cacher le visage d'une petite fille qui pourrait être sa sœur ou une victime. Ainsi faisant, son geste est exactement celui du torero qui dans l'arène présente la muleta au taureau qu'il tuera, et sa face est chargée d'une excitation sombre qui le confond avec la bête, mais par la juste place des mains et des pieds la composition picturale n'est pas moins serrée que dans l'œuvre d'un grand peintre, qui pourrait être Goya, et quant au récit dont l'image serait illustration, c'est à Kafka que je serais tenté d'attribuer

* Préface à *Photoportraits* (Gallimard, 1985).

celui-là. Or ce que je regarde et qui me donne tant à rêver est une photographie de Cartier-Bresson, et dans le geste du jeune homme, qui manie un vêtement, je retrouve après celui du torero l'exercice de cape auquel se livrait autour de la chambre noire l'artiste de jadis qui voilait et dévoilait son primitif appareil en face de son « sujet ».

Sans être éloignées de la présente année 1985, les origines de la photographie paraissent inséparables du labeur plus ou moins occulte des astrologues et des alchimistes. En plaçant une lentille de verre sur le petit trou de la chambre noire connue de Roger Bacon dès le XIIIe siècle, n'est-ce pas Jérôme Cardan qui, au XVIe, inventa l'objectif ? Sous les espèces de la vapeur de mercure, de l'iodure d'argent, du sel marin en solution chaude, puis de la plaque de cuivre argenté et poli, il y a un peu plus d'un siècle et demi seulement, Niepce, qui mourut en 1833, et Daguerre, qui donna une conclusion positive à ses premiers travaux, sont arrivés au résultat essentiel, qui était de fixer de façon stable, sur un plan de projection, l'image saisie dans le monde extérieur par un rayon de lumière solaire. Daguerre, avec beaucoup d'intelligence pratique, utilisa tout de suite l'objet de son procédé, nommé par lui daguerréotype, à reproduire les traits des hommes célèbres ; ainsi avons-nous le bonheur de posséder d'anciennes images, assurément contemporaines, vraies de quelques-uns des poètes que nous aimons davantage, Gérard de Nerval en particulier. Dans un esprit peu différent, avec un matériel perfectionné pour lequel, notamment, le temps de pose était devenu un peu moins interminable, Nadar commença vers 1854 à constituer son *Panthéon Nadar*, qui pour des raisons de même sorte nous est extrêmement précieux. Mais ce qui peut-être est le plus notable est que si la photographie avait pris existence, c'était avant tout pour et par le portrait.

Aujourd'hui, je ne me retrouve jamais en face d'Henri

Cartier-Bresson sans penser à ces années 1930, 1931 et suivantes où, au cours de nos voyages en voiture dans toute l'Europe ou de nos divagations dans Paris, j'ai vu naître le plus grand photographe des temps modernes par une sorte d'activité spontanée, une espèce de jeu d'abord, qui s'était imposé à ce jeune peintre comme à d'autres jeunes gens s'impose la poésie. Nullement par souci d'en faire l'objet d'une profitable carrière car, aux deux petits-bourgeois à peine sortis de l'adolescence et difficilement échappés aux règles de la « bonne société » que nous étions lui et moi, les mots de carrière et même de métier n'inspiraient qu'une forte envie de vomir ! Ce dont nos deux familles commençaient à s'apercevoir, non sans quelque inquiétude...

Le temps passa. Chez Henri Cartier-Bresson, Soleil en Lion, il se fit rapidement, par la grâce de la photographie je crois, une cristallisation de l'homme ardent, impulsif, énergique, génial qu'il était destiné à devenir. Prisonnier de guerre en Allemagne, il s'évada à la troisième tentative et participa au mouvement clandestin d'aide aux prisonniers et évadés. Puis, en 1944, il se joint aux professionnels qui photographient la libération de Paris. Il part ensuite pour les États-Unis, où il s'était fait connaître avant la guerre, et met au point une exposition dite « posthume » dont le Museum of Modern Art de New York avait pris l'initiative en le pensant victime du conflit. Exposition accompagnée d'une monographie qui est la première publication importante à lui consacrée.

Dès lors, la vocation d'Henri Cartier-Bresson est trouvée, et je voudrais faire entendre combien ce mot de vocation, où il y a un sous-entendu d'appel, d'impérieux destin, n'est-ce pas, a plus de sens, de dignité et de poids que ceux de carrière et de métier que j'ai déjà dénoncés. Il est photographe. Un photographe différent parce qu'il est toujours original, passionné aussi, en tout ce qu'il fait. Quand, en France, en 1952, les Éditions Verve publient avec une couverture de Matisse le premier grand album de ses photographies, ne choisit-il pas pour intituler son ouvrage, ses clichés et le texte un titre bien exagérément modeste : *Images à la sauvette* ? Sauf des camps de prisonniers de guerre, Henri Cartier-Bresson, à ma connaissance, ne s'est jamais sauvé nulle part. C'est un homme qui ne se sauve pas, non, et je dirais plutôt qu'à l'exemple de son signe zodiacal en passant il saisit, et que ce qu'il a saisi demeure avec une valeur de témoignage humain que le temps qui passe n'efface en rien.

A l'instar de certains personnages des plus beaux poèmes d'Apollinaire, Henri Cartier-Bresson, tout d'abord, est un passant voyant et inspiré, rapide en ses mouvements comme l'était Guillaume en ses mots, et, comme lui, ce dont il est avide est une véritable somme d'images révélatrices, capables de retourner comme une chaussette sale la banalité apparente de l'univers où nous sommes pour en découvrir et en faire apercevoir la réalité secrète. Avec beaucoup d'humour, un peu de cruauté fraternelle, comme il en faut pour donner représentation de cet univers et des figures plus ou moins singulières qui l'illustrent.

Sur cette première partie de l'art d'Henri Cartier-Bresson, il a été beaucoup écrit et simplement je soulignerai que le photographe n'a rien d'un esthète (qualité que je respecte, d'ailleurs) et qu'il n'est jamais en quête de la belle image, mais que la beauté de l'image, pour lui, réside plutôt dans le dévoilement d'un certain mystère et le choc d'un certain fantastique, où le tragique se mêle au comique, voire au caricatural, un peu comme en littérature dans les meilleurs récits de Hoffmann, de Poe, de Balzac, de Kafka, de Blanchot, ou dans les films anciens de Chaplin et de Keaton, qui l'ont sûrement aidé à trouver sa voie. De toutes ces images-là, où des visages et des attitudes vraiment incroyables dans leur naturel sont en quelque sorte « justifiés » par les objets ou le cadre bizarre qui les entourent, telles, par exemple, les petites lucarnes où les prostituées de Mexico étaient assujetties par règlement de police à exposer leurs seins énormes et leurs faces monstrueusement fardées, Henri Cartier-Bresson est passé au véritable portrait, c'est-à-dire à la photographie du visage ou du corps entier de personnes qui l'intéressaient pour d'autres motifs que le point de vue plastique. Motifs parmi lesquels les plus fréquents sont l'amitié, l'admiration, la curiosité pour une œuvre ou un rôle social.

Dans le temps, c'est un demi-siècle de portraits qui dans ce nouveau Panthéon photographique s'échelonnent entre 1932 et 1982, avec une petite période d'activité nouvelle en 1984 et 1985. J'avoue n'avoir pas été peu ému en y retrouvant une image de moi prise par Henri à Parme plutôt qu'à Livourne si j'ai bon souvenir, au soleil du printemps de 1932, sous lequel je fume peut-être la dernière cigarette de ma vie... Une savoureuse affiche de fromage parmesan avec lequel je suis confondu justifie ma face anonyme, tout ainsi qu'aux putes de Mexico leurs lucarnes. Bien.

L'une des vertus de toutes ces images est qu'elles mettent en lumière, une fois de plus, qu'Henri Cartier-Bresson dans le portrait comme ailleurs n'est nullement un photographe comme les autres et qu'il ne flatte pas. L'expression des visages reproduits par son appareil est presque toujours un peu inquiétante, sinon même dramatique, au lieu d'être la grâce et la séduction incarnées comme on les voit, par exemple, aux traits de la plupart des femmes et des poètes qui furent pris par l'objectif de Man Ray, un véritable esthète, un amant de la beauté, celui-là, que je ne me cache pas d'admirer beaucoup aussi.

Quant à la plupart des personnages, célèbres en général,

qui furent saisis par le petit appareil dont Henri Cartier-Bresson en ces temps peu lointains ne se séparait jamais, vous diriez qu'ils ont été frappés par un coup de baguette, magique ou non, comme vous voudrez... Glorifiés (peut-être), ils me semblent fixés pour longtemps, sinon pour une éternité, par un coup d'arme à feu. Reconnaissants à Henri Cartier-Bresson, ils seraient bien ingrats de ne pas l'être, et pourtant ils sont aussi ses victimes. Comme chez les très grands écrivains auxquels je me suis plu de le comparer, il y a du sadisme dans l'œil et dans l'objectif d'Henri Cartier-Bresson. Presque autant que dans la plume de son vieil ami Mandiargues...

Plus (ou mieux encore) : il y a du métaphysique dans les portraits que nous avons en observation et la plupart de ces personnages connus, sinon également célèbres, semblent avoir reçu une révélation de leur destinée qui les tient en balance entre l'anxiété et la résignation. Un ange annonciateur a passé par là, dont le message à des hommes et à des femmes de son choix est que, tant pis pour eux si cela les gêne, dorénavant, et il leur faut s'en accommoder, ils existent. A tel point de vue, l'image qui je crois m'émeut davantage est celle des époux Joliot-Curie, l'un et l'autre mains jointes ou à peu près, visage tendu dans l'attente de ce qui est pressenti et s'entend sans avoir été prononcé, les yeux liés, semble-t-il, à l'objectif par un invisible câble. Jamais, dans les tableaux anciens où paraît l'ange traditionnel, le visage de celle à qui la nouvelle est donnée ne présenta l'expression d'un pareil trouble dans l'acceptation.

L'attente de François Mauriac, mains à peu près jointes lui aussi, est plus confortable à cause du dossier de son fauteuil, mais la tête penchée, la bouche pincée, le regard perdu disent bien que l'ange a passé là encore et que le dur sentiment d'exister est entré dans sa conscience. Sartre au bord de la Seine a eu la révélation de son gouffre sans doute, tant il paraît se raccrocher à la pipe qu'il tient. Je profite de l'occasion pour dire que la pipe à la main des hommes, compte tenu de son exhibitionnisme sexuel, me donne souvent l'impression d'être un soutien moral, un remède à la crainte de l'existant... D'où sa fréquence dans les images de ceux qui vont chez le photographe, ou le laissent venir à eux. Matisse, dans une photo, se protège de son mieux derrière les plantes de son jardin, dans une autre pose sur sa bouche un doigt qui pourrait être une interrogation comme une injonction au silence ; Braque et Rouault ne sont-ils pas cristallisés par et dans la vieillesse, hors du monde et de l'inquiétude ; Pierre Bonnard ici semble prier, là se courbe dans un angle de son atelier, comme s'il lisait, entre ses mains, une sentence acceptant tout d'un sort qui fut magnifique. N'oublions pas Pierre Colle dans son lit en tempétueux désordre, le visage à l'envers hors du drap, devant trois souliers qui traînent épouvantablement sur le sol, ceux d'un furieux, pensé-je, et celui de l'ange monopède. Ni Picasso, cuirassé contre le froid d'une candide laine qui évoque l'habillement d'un matador ou d'un escrimeur qui sait qu'il est au-dessus de tout péril. Christian Bérard, barbu, sied entre son inquiétude et des livres sur le bord extrême d'un autre lit défait à l'instar d'une autre mer agitée. Miró est lui-même en toute simplicité, comme il fut toujours et comme étonné de la beauté de ses tableaux. Aragon appuyé sur le soutien de son bras et de sa main, que cherche-t-il des yeux sinon le retour du visage toujours beau d'Elsa ? Mais Elsa se tient dans un autre temps, pareillement soutenue devant une image de l'union du couple ou de la paire. Paul Valéry, devant son propre buste blanc à faire peur et son reflet de profil (à son insu je pense) dans le miroir, est un triple fantôme qui dans le temps qui va ne demeure que par la grâce d'un nœud papillon et de la photographie de Stéphane Mallarmé. Mais je voudrais bien être capable de voir ce je-ne-sais-quoi d'invisible à tout esprit moins doué ou moins ferme sur quoi s'est brusquement arrêté le regard de Samuel Beckett, ou l'angoisse de Lili Brik-Maïakovski, la tête entre les mains serrées. Et je voudrais, comme le très chérissable, le bienheureux Alberto Giacometti, savoir me fondre avec les murs délabrés, les chaises défoncées, les planches anciennes, les piles de journaux vieux, les détritus, car telle est la sainteté de l'artiste, du poète. Le plus triomphal exemple de ladite sainteté particulière n'est-il pas ici présenté par Ezra Pound en 1971, revenu du meilleur et du pire, passé au-delà de tout, les mains assemblées, les yeux rivés à de lointaines merveilles qu'il aperçoit comme en vue de la Terre promise Moïse regardait ce qu'il ne lui serait pas donné d'atteindre... Triomphale image d'une bonté hiératique et grave où Pound rejoint son maître Dante, qui faisait de l'amour le grand moteur de l'univers. Jean Genet laisse le futur possible se confondre avec le passé rejeté dans une indifférence au présent qui était peut-être celle qui le tenait bien vif quand il était en cabane. Caillois s'appesantit d'avoir le dos tourné à la fine élégance de sa bibliothèque. Et sur le futur du monde des hommes Claude Lévi-Strauss en sait trop long pour ne pas accepter avec un sourire un peu crispé son entrée dans le Panthéon contemporain.

Le spectacle de ces troupeaux d'hommes fameux, de gens plus ou moins « réussis », de vrais inspirés ou de faux-semblants, que le dard de l'objectif d'Henri Cartier-Bresson (qui s'est comparé lui-même à un insecte piqueur) paralyse pour un instant sur la scène où ils paradaient, nous ravit parce qu'à nos yeux ceux-là sont devenus des personnages d'unique singularité en recevant l'annonce ou l'inoculation. Considérez, je vous prie, les traits d'André Malraux, ceux d'Igor Markevitch ou d'Henri Laurens. Que leur est-il arrivé pour que la catastrophe, qui au vrai sens de l'expression est le renversement de l'être ou de la chose doué d'une verticalité provisoire, soit représentée par eux comme par les sublimes comédiens d'un drame de Shakespeare ? Ou par les modèles des tableaux de Francis Bacon, suis-je tenté d'écrire encore, pour ne pas abandonner l'Angleterre chère à Henri Cartier-Bresson et parce que le portrait de ce peintre, penché sur sa moitié ténébreuse dans un cliché de 1972, vient à point pour me donner raison ? Sorti, semble-t-il, d'un rude labeur charnel, il s'oppose à Julien Green, image de l'effort pour atteindre à la clôture spirituelle. Les astres des personnages de *Macbeth* sont dans un contraste égal au ciel d'une multitude de notoriétés, cela, que les poètes avaient senti, nul photographe ne l'avait si décisivement montré. Bien entendu, Henri Cartier-Bresson, qui est gentiment rassurant dans ses rares entretiens avec des critiques, a parlé de « connivence » établie entre lui et ses modèles, qu'en effet il ne manque pas de traiter avec la grâce et la politesse qui lui sont habituelles. Ainsi a-t-il dit que « parfois, un voile de timidité ou de méfiance doit être écarté, pour que s'établisse une confiance réciproque ». Plus souvent, peut-être plus nettement à propos de son geste professionnel il a évoqué une sorte de « fulguration », phénomène qui, selon Littré, est « une lueur électrique qui se montre dans les hautes régions de l'atmosphère sans être accompagnée par le bruit du tonnerre », un éclair muet, en somme, et je crois m'approcher encore mieux de l'homme pour lequel je me passionne en rappelant que selon les anciens Romains la science fulgurale était la divination par la foudre, ce qui parfaitement s'accorde avec le titre de Grand Révélateur que sans aucun esprit de plaisanterie je me suis plu quelquefois à lui donner. A travers le souvenir de ses lectures de Poe et de Baudelaire, peut-être, une tendance hoffmannienne paraît dans le fantastique aperçu de l'homme et de la femme par le portrait tel qu'il est pratiqué par Henri Cartier-Bresson. Et l'énigme, presque toujours, est posée.

Pour être juste autant qu'exact, il faut observer qu'un petit nombre des notoriétés mises à l'épreuve l'ont subie imperturbablement, voire allégrement, sans aucune réaction qui se puisse interpréter dramatiquement. Certains sont des familiers de l'opérateur, tel Jean Renoir avec lequel Henri Cartier-Bresson longuement travailla et dont la paisible image pourrait être celle d'un moine cueilli en pleine béatitude, d'autres des étrangers, ou de lointaines connaissances, comme Carlo Levi dont le bonheur de se savoir vivant et la confiance en son corps un peu gras sont manifestes. Le trompettiste de jazz Jo et sa femme font un couple hors de pair et d'une si splendide allure que sans aucun doute, au moment de ce déclic-là, c'est le photographe, dont je connais et partage l'amour de la beauté noire, qui demeura fasciné. Et je voudrais nommer tout de suite André Breton, fascinateur lui aussi, qui sourit d'une manière étrange en jouant avec ses statuettes africaines, mexicaines, polynésiennes, car l'objectif révélateur n'a trouvé rien qui se pût démasquer en ce grand et mystérieux supérieur qui vivra toujours dans notre souvenir.

Puis, un peu au hasard d'un premier examen de ce Conservatoire de notre temps où tous et toutes, pris en pied le plus souvent, demeurent saisis, attrapés pourrais-je dire, dans un instant essentiel de leur existence, le regard se fixe sur telle ancienne femme de chambre de Sarah Bernhardt, gardienne de reliques ou portrait moral de Sarah vivante encore; sur Leonard Bernstein, cliché prodigieux du directeur d'orchestre libérant, accélérant, calmant, relançant les déchirants démons de la musique; sur Sam Szafran, détourné mais avec tendresse du monde extérieur qu'un vain décor figure; sur J.M.G. Le Clézio, qui donne vie et stabilité à un moment auquel il est rattaché par sa main, son poignet et son bracelet-montre; sur Pierre Jean Jouve, tel qu'en lui-même je l'ai toujours connu, protégé d'un complet neuf, l'un de ceux à propos desquels il me disait que ses droits d'auteur lui avaient à peine suffi à payer son tailleur; sur Neruda, sublime poète à la tête de perroquet, avec son air d'être étonné toujours. Mais arrive-t-on à Somerset Maugham, un pied posé sur la riche tapisserie de son trône, alors : « J'ai réussi », semble-t-il que dit le pauvre grand homme. Et la cendre du cigare que tient en l'air Marcel Duchamp a tout ce qu'il faut pour ensevelir avec lui bien des pontifes de notre nouveau Pompéi... Tragique, la grande main qui cache le front de Martin Luther King ne suggère-t-elle pas que l'autre, sur l'une des feuilles éparses, est en train d'écrire son testament? Malcolm X a la tranquillité des panthères, même noires, quand elles viennent de manger.

Sans Jacques Duclos et Maurice Thorez, le meeting perdrait son entrain et sa bonne humeur, qui font un total contraste avec la gravité terrible des visages de deux Japonais qui paraissent après eux, précédant un peu une étrange image de l'étrange Dino Buzzati, chez qui la mort semble en son domicile, déjà.

Si j'aimais peu Paul Léautaud, dans ces ans d'après la guerre où bien des fois je le rencontrai, la cause en est sans doute à cette aise ricanante, mêlée d'agressivité, que le portrait fait ressortir comme en relief moral. Ouvert la nuit, fermé la nuit, ce grand nocturne qu'avait été Paul Morand ne s'en préoccupe guère, parvenu qu'il est à l'âge du chez-soi, qui est âge de renoncement, et dans son fauteuil il se désintéresse de la planète, de son clair de lune comme du grand soleil dont, sur elle, la vie se nourrit. Plus curieuse dans sa clôture est Colette, dont la pensée, devant l'objectif qui la prend, est comme une interrogation qui n'attend pas de réponse. Je ne l'écarterais pas beaucoup de Louise de Vilmorin, les deux mains sur la poitrine, un peu au-dessous des perles, crispée devant la part indéchiffrable de soi-même. Marcel Aymé, qui nous semblait avoir les pieds un peu trop sur la terre, se joint à tous ceux pour lesquels le Leica d'Henri fut porteur d'une question, sinon d'une annonce, difficile à recevoir. D'Aldous Huxley, que j'ai fort admiré hier, avouerai-je que je n'aurais pas imaginé l'auteur de *Point contrepoint* avec cette grande gueule contente d'elle, cette pose de cerf-volant, cette cravate à faire peur ? Non. Mais avec un grand poète d'aujourd'hui, Yves Bonnefoy, sa fille sur ses genoux qui boit, devant une abondance de livres, le charme de l'image et de l'esprit de l'image est aussi grand que parfaite la composition. Et j'en viens à d'autres livres en piles dans une chambre où souvent nous vîmes le beau visage de Jean Paulhan, dont l'on dirait ici qu'il vient de prononcer une énigme. « Aimez-vous mieux les tableaux de Braque ou ceux de Fautrier ? » demanda un jour J.P. à H.C.-B. ; et de le présenter à Fautrier dans le moment où H.C.-B., conscient pourtant de l'attrape, répondait « ceux de Braque »...

Subitement, c'est dans un autre, ou plus simplement dans l'autre monde, que nous transporte une prodigieuse image, celle de Bogwan Sri Ramana Maharishi, photographié sur son lit, au dernier jour de sa vie, dans un geste d'adieu qui est comme une convulsion ultime, à côté d'une affiche de Gandhi. Henri Cartier-Bresson fut de ceux qui, à l'instant de sa mort, virent une boule de feu traverser lentement le ciel jusqu'au lieu de décès du grand mystique qui fut enterré verticalement au lieu d'être incinéré, parce que le cycle de ses réincarnations venait de s'achever. De Gandhi, vu de dos, il fut offert au photographe la main qui dans l'air jouait un jeu de papillon, et de très peu la prise de vue précéda l'attentat qui mit fin à sa vie. Ce dernier cliché, dans sa légèreté même, n'en a pas moins le poids d'une illumination transcendantale.

Ce n'est pas tout, car à ces portraits intitulés des noms de leurs modèles, personnages célèbres ou qui de quelque façon ont compté dans un certain univers, pour un certain laps de temps, amis ou simples familiers, Henri Cartier-Bresson s'est plu à mêler des images anonymes qui sont un peu le produit de ses chasses à l'homme et à la femme. Une sorte de « drague », comme on dit aujourd'hui, mais qui visait, au lieu de ramener des corps, à s'emparer d'apparences de corps et de visages tirées de la foule dans l'un de ces moments d'élection qui sont moins rares que ne croiraient les gens nombreux qui n'ont pas appris à voir.

Marqués par le bonheur et l'exaltation de la vie presque aussi souvent que par le malheur et la conscience de la mort ou par la triomphale indifférence, doués de singularité, acteurs involontaires ou non du théâtre fantastique, personnages de récits qui ne furent ni ne seront jamais écrits, un déclic du Leica suffit à retirer ces précieux anonymes du temps dans lequel ils allaient disparaître et à fixer leur moment d'éclat. Un viol, en somme, oui, mais qui a tourné bien et dont la plupart des victimes ne se sont même pas aperçues. Ou, veut-on, une opération de sauvetage.

Parmi les rescapés, souvent plus beaux que le « beau monde », à qui H.C.-B. ouvre les portes de son Panthéon, j'ai plaisir à citer une Noire fièrement jointe à une haute poubelle au Mexique, un ouvrier cubain qui fume un épais cigare en faisant aller les machines de son usine, le vieil homme de Newcastle qui appuie sa sérénité magnifique sur le fragile édifice de quelques résidus ou riens qui font toute sa propriété sans doute, la jeune Polonaise aux gracieuses fossettes qu'un chapeau texan sur une affiche au mur transporte dans le fabuleux Hollywood, un bon Français émergeant à peine d'une mare de tables nappées et de chaises, une grande seigneurie indienne, un clan d'Iraniens sur le point de devenir méchants, un Noir qui commence à se lasser de cueillir le coton en Louisiane, une vieille Française et un vieux Français qui n'auront vécu peut-être que pour arriver à n'exister que dans et par les souvenirs et les illusions... Entre la lumière et l'ombre, un citoyen irlandais bardé jusqu'à la tête dans son tweed promène sur le monde extérieur en se tournant les pouces un regard d'yeux mi-clos comme ceux de maints héros de Joyce... A Chicago, dans la solitude épouvantable d'une architecture de fer qui semble n'avoir pas plus de fin que de commencement, un misérable rejeton de l'espèce humaine va vers des nuits qui ne sauraient être dites... Aux Indes, un barbu demi-nu contemple sa mort qui est en chemin vers une nouvelle vie, sur laquelle il n'aura pas davantage à dire que sur celle qui s'achève... En France, derrière une porte à grille de barreaux verticaux (mais ce n'est celle que d'un jardin étroit), se tient un personnage bizarre vêtu largement d'étoffe à rayures horizontales, sous des volets de fenêtre à fentes horizontales, et dans ce contraste géométrique, auquel il participe, l'humain se déshumanise sous le déclic du Leica. Au Mexique une petite diablesse gambade et rit en déployant devant elle comme un masque de beauté californienne une affiche d'hygiène un peu louche... Aux États-Unis encore, une vaste femme noire enveloppée d'une vaste robe blanche offre au spectateur et même au photographe une image idéale de la mère des *spirituals*... Trois beaux visages de femmes en Égypte, qui se présentent dévoilés, qu'en pourrait-on dire sinon que douleur, mort et funérailles sont les mots qu'ils nous inspirent? Énorme, belle et consternante la mère de famille mexicaine, très enceinte, tient dans les bras son bébé précédent, tandis que les autres de sa progéniture sont à côté, rangés par ordre d'âge et de taille contre un mur, afin, s'il se peut, d'émouvoir. Toujours au Mexique des gamins nus se déchaînent, mais le Leica conservera leurs visages fous où se dessine une moustache, virile bientôt. Qui sont ces sympathiques travailleurs qui se croisent les bras, qui sont ces redoutables dames surabondamment médaillées ? Qui est ce barbichon qui transporte un plâtre d'art à seule fin de coller contre la blanche figure de celui-là sa tête de grisonnant professeur ? Rien d'autre, probablement, que les souvenirs des émotions du photographe à ses plus belles prises, dont l'anonyme la plus stupéfiante reste à mes yeux celle d'Israël, en première page.

Il est peut-être inutile de rappeler ce que chacun sait et qui est que depuis environ dix ans Henri Cartier-Bresson a mis de côté son appareil photographique et qu'il limite son travail, assidu d'ailleurs, à la peinture et surtout au dessin auxquels il s'était consacré autrefois. Man Ray, c'est bien connu aussi, avait fait de même dans ses dernières années. Pourquoi pas ? C'était leur droit, et quant à ce qui est d'Henri Cartier-Bresson, ses dessins actuels et les rares tableaux de son passé qu'il n'ait pas détruits nous plairont toujours. Mais l'on ne voudrait pas, à cause d'un point d'arrêt, temporaire, on le souhaite, qu'il a mis dans l'activité qui l'avait rendu très célèbre, admettre qu'il y ait quelque chose comme une hiérarchie des arts et qu'à cette échelle supposée la photographie doive être située au-dessous de la peinture. Que la célébrité en question, qui ne lui déplaisait pas naguère, aujourd'hui l'agace ou l'irrite et qu'il s'y dérobe, voilà qui n'est qu'à son honneur, bien entendu. Et puis, dans sa recherche comme dans son refus, la réaction n'est-elle pas classique du Lion zodiacal ? Il n'en demeure pas moins qu'Henri Cartier-Bresson, j'ai plaisir à le répéter, est sans conteste le plus admirable photographe des temps modernes, et que son œuvre, par la vision tragique ou tendre, ironique ou bouffonne, de la vie sur notre planète, ou par le présent vaste Panthéon des hommes et des femmes qui ont su ou cru échapper à la masse anonyme, n'est pour nous pas moins précieuse ou moins enchanteresse que celles d'Eisenstein, de Charlie Chaplin ou de Pablo Picasso, par exemple, trois grands noms que je choisis exprès parce que les médiocres ne s'en servent que trop pour tenter d'étouffer ceux des génies nouveaux. Si je ne consens pas que la peinture, parce qu'elle est manuelle, doive être systématiquement préférée à la photographie à cause de la mécanique dont use celle-là dans son opération même, je me plais aussi à voir en la seconde l'aboutissement de la noble alchimie et à penser que dans ces deux dernières, comme en poésie, la réussite est inséparable d'une élévation spirituelle et morale dont le point de départ n'est autre que l'amour. Henri Cartier-Bresson, sur ce point au moins, ne me contredira certainement pas.

1985.

Œuvres d'André Pieyre de Mandiargues (suite).

Dans la collection l'Imaginaire

SOLEIL DES LOUPS (1979).

MARBRE OU LES MYSTÈRES D'ITALIE (1985).

Chez d'autres éditeurs

LE MUSÉE NOIR (Robert Laffont, 1946; Folio, 1974).

LES MASQUES DE LÉONOR FINI (La Parade, 1951).

SOLEIL DES LOUPS (Robert Laffont, 1951).

MARBRES (Robert Laffont, 1953).

LE LIS DE MER (Robert Laffont, 1956; Folio, 1972).

LES MONSTRES DE BOMARZO (Grasset, 1957).

LE CADRAN LUNAIRE (Robert Laffont, 1958).

LE BELVÉDÈRE (Grasset, 1958).

FEU DE BRAISE (Grasset, 1959).

SUGAÏ (Le Musée de Poche, G. Fall, 1960).

DEUXIÈME BELVÉDÈRE (Grasset, 1962).

SABINE (Mercure de France, 1963).

LARMES DE GÉNÉRAUX, *lithographies de Baj* (Herman Igell, Stockholm, 1965).

CRITIQUETTES, *eaux-fortes de Bona* (Fata Morgana, Montpellier, 1967).

JACINTHES, *eaux-fortes de Bonnier* (O.L.V., 1967).

LE MARRONNIER (Mercure de France, 1968).

BONA L'AMOUR ET LA PEINTURE (Albert Skira, Genève, 1971).

LA NUIT DE MIL NEUF CENT QUATORZE (L'herne, 1971).

CROISEUR NOIR, *eaux-fortes de Lam* (O.L.V., 1972).

CHAGALL (Maeght, 1975).

PARAPAPILLONNERIES, *lithographies de Meret Oppenheim* (M. Casse, 1976).

ARCIMBOLDO LE MERVEILLEUX (Robert Laffont, 1977).

LE TRÉSOR CRUEL DE HANS BELLMER (Éd. Le Sphinx, 1979).

CRACHEFEU, *eaux-fortes de Carlo Guarienti* (Nouveau Cercle Parisien du livre, 1980).

MIRANDA, *eaux-fortes de Miró* (R.L.D., 1979).

DES COBRAS À PARIS (Fata Morgana, Montpellier, 1982).

SEPT JARDINS FANTASTIQUES, *eaux-fortes de Yamashita* (Éd. Muleta, Tokyo, 1983).

AIMER MICHAUX (Fata Morgana, Montpellier, 1983).

CUEVAS BLUES (Fata Morgana, Montpellier, 1986).

PASSAGE DE L'ÉGYPTIENNE, *eaux-fortes de Miró* (R.L.D., 1987).

ÉCRITURE INEFFABLE (Fata Morgana, Montpellier, 1988).

MONSIEUR MOUTON (Fata Morgana, Montpellier, 1994).

Traductions

LA FEMME DE GOGOL, de Tommaso Landolfi, *et autres récits traduits de l'italien par Bernard Noël, Viviane Pâques et Louise Servicen* (Gallimard, 1969).

LA FILLE DE RAPPACCINI, d'Octavio Paz, *traduit de l'espagnol* (Mercure de France, 1972).

LE VENT PARMI LES ROSEAUX, de W.B. Yeats, *traduit de l'anglais, eaux-fortes de Miró* (O.L.V., 1972).

LA PETITE BASSARIDE, de F. de Pisis, *traduit de l'italien* (L'Herne, 1972).

MADAME DE SADE, de Yukio Mishima, *traduit du japonais* (Gallimard, 1976).

ONZE PLUS UN POÈMES, de F. de Pisis, *traduit de l'italien* (Fata Morgana, Montpellier, 1983).

LE VENT PARMI LES ROSEAUX, de W.B. Yeats, édition augmentée, *traduit de l'anglais* (Fata Morgana, Montpellier, 1984).

L'ARBRE DES TROPIQUES, de Yukio Mishima, *traduit du japonais* (Gallimard, 1984).

Cet ouvrage a été composé
par Euronumérique
et achevé d'imprimer par la
Société Nouvelle Firmin-Didot
à Mesnil-sur-l'Estrée, le 2 octobre 1995.
Dépôt légal : octobre 1995.
Numéro d'imprimeur : 31679.
ISBN 2-07-074027-7/Imprimé en France.

69725